D0069055

El beso más pequeño

Traducción de
Robert Juan-Cantavella

RESERVOIR BOOKS

El beso más pequeño

Título original: *Le plus petit baiser jamais recensé*

Primera edición en España: octubre, 2013
Primera edición en México: enero, 2014

D. R. © 2013, Flammarion, París

D. R. © 2013, Robert Juan-Cantavella, por la traducción

D. R. © 2013, Random House Mondadori, S. A.
Travessera de Gràcia, 47-49. 08021 Barcelona

D. R. © 2014, derechos de edición mundiales en lengua castellana:
Random House Mondadori, S. A. de C. V.
Av. Homero núm. 544, colonia Chapultepec Morales,
Delegación Miguel Hidalgo, C.P. 11570, México, D.F.

www.megustaleer.com.mx

Comentarios sobre la edición y el contenido de este libro a:
megustaleer@rhmx.com.mx

ISBN 978-607-312-030-2

Impreso en México / *Printed in Mexico*

ÍNDICE

Para Rosy, experta en invisibilidad

Hace una hora, en el jardín trasero de
mi casa, se produjo la tormenta de nieve
más pequeña nunca vista. Fueron apenas
dos copos. Esperé a que cayesen otros,
pero nada. La tormenta completa fueron solo dos copos.

RICHARD BRAUTIGAN

LA CHICA QUE DESAPARECE AL BESARLA

El beso más pequeño nunca visto. Una milésima de segundo, pulpa y plumón incluidos. Apenas un roce, un ejercicio de papiroflexia. Un esbozo de cortocircuito. De un grado de humedad increíblemente próximo a cero, cercano al polvo de sombra. El beso más pequeño nunca visto.

No nos miramos de verdad. No nos tocamos de verdad, apenas nos dijimos nada. Sus ojos demasiado grandes en la piel de porcelana, y esa manera extraña de pedir perdón por sonreír. Sus labios, que revoloteaban como un copo de nieve perdido en una playa estival, y yo, que trataba de cazarlo con mi nevera demasiado grande. Un cataclismo disfrazado de beso en miniatura. Más poderoso que un ejército de rayos. El beso más pequeño nunca visto. Impacto de luz y luego ya nada.

Desaparecida.

En un visto y no visto pasó de la aparición a la desaparición. Como si su boca fuese un interruptor corporal mágico, capaz de volatilizarla. No quedó más que la melodía asmática en re menor que habían silbado sus pequeños pulmones.

Luego oí cómo se alejaban sus pasos, y después el silencio. Pero no había desaparecido, ¡se había vuelto invisible! Nos habíamos dado el beso más pequeño nunca visto y de repente se volvió invisible, tajante como un apagón.

Tenía que encontrarla. Aunque solo fuese para completar mi colección, que hasta el momento se limitaba a un solo ejemplar de beso más pequeño nunca visto.

GASPAR NIEVE

–Las mujeres invisibles son muy difíciles de encontrar, incluso cuando huelen demasiado bien –me explicó el detective retirado que me recomendó Luisa, mi farmacéutica.

Me dijo que parecía un oso polar con gafas, con unas pequeñas nubes de algodón en lugar de cabellos y barba. «¡Es un especialista de lo extraordinario porque él mismo es extraordinario!» Tenía razón.

–Con las técnicas de investigación clásicas nunca dará con ella. Habrá que inventarse algo para atraerla. Una especie de trampa mágica.

–Ella se peina como quien monta claras a punto de nieve –precisé.

–Necesitará usted la paciencia de un pescador de sirenas –dijo, sumido de repente en sus pensamientos–. Y si por ventura reapareciese, absténgase de besarla, de lo contrario podría desaparecer de nuevo –concluyó.

Acariciando el cúmulo nevoso que le servía de barba, el viejo detective me acompañó al umbral de la puerta.

–El recuerdo de ese beso sigue tan vívido que es como si lo estuviese viviendo ahora mismo. Como si se regenerase a cada segundo.

–Porque piensa en él todo el tiempo, es usted quien lo mantiene vivo.

–Peor que eso. ¡Todo me recuerda a ese recuerdo! El ruido de un interruptor, el viento que se levanta… Todo. ¡Absolutamente todo!

–Usted cree en esa historia de la chica que desaparece al besarla, ¿no es cierto?

–Creer… Sí. No es muy difícil de creer. Basta con convencerse. Lo que me gustaría hacerle entender es que siento algo intenso. Una vibración especial, como una música.

–Comprendo… ¿Y a qué se parece ella?

–Apenas la he visto, pero pude sentir que era muy guapa.

–¿Muy guapa de verdad?

–Tan absolutamente guapa como que el reloj marca las horas.

Un cuarto de vuelta sobre sus talones más tarde, la cara del detective había cambiado de expresión. Las palabras «muy» y «guapa» habían encendido un no-sé-qué de luz en sus ojos.

–Ya veo… y creo que tengo exactamente lo que usted necesita. Acompáñeme.

Lo seguí hasta un pasillo estrecho como una chimenea. Abrió la puerta de lo que parecía ser su antiguo gabinete. Las paredes de la habitación estaban cubiertas con fotos de las actrices más deliciosas de los años cincuenta. Rita Hayworth, Natalie Wood, Grace Kelly,

Claudia Cardinale, Brigitte Bardot, Liz Taylor. No faltaba ninguna. Todas aparecían acompañadas por el mismo hombre elegante con tupé, pelo canoso y un loro en el hombro.

—¿Es usted el de las fotos?

—Hace bastante tiempo, en una galaxia muy lejana… Pero sí, soy yo.

Junto a la única ventana, detrás de una gramola de madera lacada en rojo, reinaba una reproducción de Elvis Presley de tamaño natural. Parecía una versión torpe del Rey, con una mirada cuando menos recalcitrante. El tiempo parecía haberse detenido en aquella habitación, el corredor que llevaba a ella constituía un pasaje entre el presente y el pasado. Desprendía un ambiente de museo extraño, nostalgia mágica teñida de melancolía. En el escritorio, el retrato de una niña con aspecto de muñeca preocupada y un loro azul posado sobre una pila de libros antiguos.

—Le presento al más despiadado sabueso del reino animal, mi fiel cómplice… ¡Elvis! —anunció, señalando al pájaro peinado como un jefe indio—. Este loro es más eficaz que un pastor alemán adiestrado para seguir la pista de los malhechores, salvo que está especializado en chicas «un poco demasiado guapas». Me ha permitido resolver un gran número de enigmas. Especialmente historias de adulterio, pues reproduce de forma escrupulosa el sonido de los orgasmos. Elvis también puede escuchar detrás de la puerta, e incluso detrás de una ventana de doble acristalamiento. Además, su vigilancia desde el aire resulta muy eficaz. Hace algunos años que no trabaja, pero…

17

El viejo detective se puso a hablar en voz baja, como si me estuviese confesando un secreto muy bien guardado.

—Este loro vale su peso en oro. ¡Gracias a él he seducido a mujeres excepcionales! Y más difíciles de besar, por cierto, que una chica invisible —exclamó, con la mirada tan chispeante como una copa de Moët & Chandon—. Escuche bien.

Hizo chasquear los dedos tres veces y cuchicheó a la oreja del loro:

—¿Elvis?

—¿Rrrlllouu?

—¡Claudia Cardinale!

Y el ave empezó a dar un concierto de pequeños gritos deliciosamente *in crescendo*.

—Liz… Hazme a Liz —dijo enseguida.

El pájaro se detuvo en seco para retomar su recital, esta vez en una modulación ronca.

—Ya está, es suficiente. Cuando lo escucho demasiado tiempo empiezo a sentirme melancólico.

—Eso quiere decir que usted se ha…

—Ya lo creo, ¡y no solo una vez, querido amigo! Les hacía llegar las palabras más dulces por loro interpuesto, odas a sus cuerpos sublimes que yo llamaba «pequeños poemas de culo». Cuando conseguía atraerlas hasta aquí, Elvis las registraba sin que se diesen cuenta.

—¡Genial!

—Si utiliza este loro correctamente, puede conferirle poderes casi mágicos —apuntó, con el orgullo del pescador de sirenas que pretendía ser.

—¿Cómo funciona?

—Chasquee tres veces los dedos para poner en marcha el modo «lectura». Una vez para indicar «stop». El resto del tiempo, se pone automáticamente en modo «grabación». Pero, como todos los loros, cuando le apetece hablar, silbar o cantar, no hay modo de apagarlo.

—Ya veo.

—¿Tiene usted algún objeto que haya pertenecido a su chica invisible?

—No, nada en absoluto.

—¿Sabría reconocer su perfume?

—Estoy casi seguro de que no usa ninguno, o si lo hace es tan discreto que parece su olor natural.

—Hum… Porque a Elvis le resulta más sencillo encontrar a una chica cuando ha olido su perfume.

—No tengo más que ese ligero silbido de pulmones, como de asma pero en re menor, y esa sensación de fruta roja eléctrica cuando besa.

—Ya veo… Vamos a reflexionar sobre todo esto y a poner en marcha una estrategia. Y dígame, ¿qué hace usted en la vida?, ¿tiene alguna especialidad?

—Soy inventor-depresivo.

—¿Es decir…?

—Invento cosas, pero si no funcionan tiendo a deprimirme. Así que, si sacamos la media, puede decirse que soy inventor-depresivo.

—Hay que inventar más para deprimirse menos, querido amigo…

—Si pudiera, inventaría todo el tiempo.

Antes de la aventura con la chica invisible, yo había perdido la guerra mundial del amor. Nunca entendí ni tampoco acepté lo que me había sucedido. Después, ese pasado descompuesto me bloqueó el presente, y los fantasmas empezaron a ocupar más sitio entre mis sábanas y mis brazos que cualquier ser vivo.

—¿Puedo saber cuál es su último invento? –preguntó.

—Una pistola de ranas.

—¿Perdón?

—¡Sí, sí! En el tambor caben seis ranitas. El visor es el de una cámara de fotos de plástico porque la precisión del tiro no es el objetivo principal de la operación.

—¿Cuál es el objetivo principal de la operación?

—La sorpresa.

—¿Y funciona?

—¡Un disparo tras otro!

—¿Se da usted cuenta? No debería deprimirse...

—No le falta razón.

—En cualquier caso, va a tener que enfrentarse a un reto de inventiva amorosa si espera encontrar a la chica invisible.

—¿Cómo?

Entonces me apuntó con el índice como si se dispusiese a enunciar los diez mandamientos del pescador de sirenas.

—Primero, encuentre una solución para reproducir el sonido de los pulmones y recrear el sabor de los labios de esa mujer. Elvis lo necesitará para localizarla. Luego, y eso será lo más importante, rellene a Elvis de poesía. Escríbale lo que siente y por qué necesita encontrarla. Recíteselo; cuando la encuentre, ¡lo repetirá! Funciona como un cebo mágico que le permitirá atraerla.

—¡Se diría que es a usted a quien le sucede esta historia!

—¡Chsss…! ¡Con este loro, también podría convertirse en ventrílocuo *crooner*, imitador de animales salvajes, prestidigitador, detective especializado en lo extraordinario e inventor a tiempo completo!

—¿Usted ya no lo utiliza?

—Qué va, estoy retirado. A mi manera, también yo me he especializado en chicas invisibles —dijo, con un suspiro denso como una bola de petanca—. A día de hoy, sé que la mujer de mi vida seguirá siendo invisible para siempre, incluso contando con un loro mágico. Elvis puede ayudar a cumplir los pequeños milagros de cada día, pero no es capaz de volver atrás en el tiempo.

Hizo un momento de silencio y dejó resbalar la palma de su mano sobre el pelaje azul metalizado del ave.

—Pero me gusta la idea de que pueda servir de nuevo.

El viejo detective privado, que parecía realmente un oso con gafas, depositó a Elvis en mi hombro izquierdo.

—Se lo presto.

Fue como si me nombrasen caballero de una orden extraña. Me preguntaba qué iba a hacer con un loro, incluso con uno especialmente adiestrado. Pero la mirada ultracielo del viejo detective chispeaba llena de orgullo, y yo no tenía la menor intención de contrariarlo.

EL HOMBRE-DESVÁN

Bajé por el bulevar Lee Hazlewood, los avellanos gigantes hacían tintinear sus frutas de madera. Los árboles se iban cubriendo de rojo, el viento arrancaba sus primeras hojas secas. Con mi melena de ardilla, atravesaba el otoño como un trampantojo, tan pancho. En mi hombro izquierdo, el loro desentonaba, con sus aires de cielo de verano. Yo pensaba en la chica invisible. Cuando los recuerdos de la guerra mundial del amor afloraban a la superficie, me concentraba en el reto de inventiva amorosa que debería poner en marcha para encontrarla. Me gustaba la idea de que pudiese estar en cualquier parte. En mi cabeza se arremolinaban las preguntas, chocando las unas con las otras. ¿Quién era? ¿Por qué me obsesionaba aquel beso? ¿Por qué había desaparecido ella? ¿Era yo el único que despertaba eso en ella? ¿Me había metido en una auténtica historia de fantasmas?

Llegué a mi apartaestudio en la calle Brautigan número 10, en el distrito tercero de París, donde unos meses antes había arrastrado mis maletas llenas de vacío. Las paredes eran tan blancas que parecían cubiertas de pintura al ectoplasma. Pero tenían esos ojos de buey de trainera mágica que parecían imantar la luz. Enseguida puse algunos libros en las estanterías, para ver si lograba convencerme de que aquella era mi casa. Allí celebré mi trigésimo séptimo aniversario, jugando al ping-pong contra la pared del cuarto de baño. Un pequeño paso para el hombre, estoy de acuerdo, pero un gran paso para mi humanidad, pues había pasado cuatro largas semanas muriéndome en un hotel de la calle de la Carroña. Aquello parecía un hospital sin enfermeras. Tanto había llorado entre aquellas sábanas de áspero algodón que la mujer de la limpieza debió de creer que me meaba en la cama.

Tras meses de esfuerzos diarios, el apartamento de la calle Brautigan se había transformado en un estudio. Empecé por plantar flores de armónica en el suelo. Cosechaba más o menos una por semana. Luego llegó el turno de los ukeleles, de una guitarra de Mississippi muy vieja y de una familia de monopatines. Hasta me atreví con la cría de ardillas de combate, que anidaban en el desván del edificio. Calefacción para el espíritu, herramientas para recuperar la audacia del invento. No tenía elección y lo sabía.

Cuando perdí a mi madre, necesité la ayuda de un gigante de cuatro metros y medio para empezar a encontrarme mejor. Soy un subdotado del duelo. La piel del interior de mi cerebro está llena de unos moratones que ya no se borran. Soy un hombre-desván. Lo guardo todo. Si uno pusiese una cámara en el corazón de mi memoria, podría reconstruir mi vida como en un estudio de cine. De la alegría desmedida al cabreo más oscuro, pasando por la frecuencia de un batir de pestañas, todo está intacto.

Lo que yo creía que era el mundo se había derrumbado a principios de año. Aquel golpe seguía resonando en mi interior. La ausencia y la sensación de injusticia me hacían perder la cabeza. Tenía la impresión de encogerme, de volverme transparente. Después de aquello, ya no supe ni lo que quería ni lo que valía.

Hasta que sentí el roce de la chica que desaparece al besarla.

AGUJERO DE OBÚS EN LUGAR DE CORAZÓN

Perdí el beso más pequeño nunca visto en algún lugar del teatro Renard. Se me escapó de los labios en plena noche, lo cual todavía complicaba más el asunto. Un ambiente como de máquina del tiempo envolvía aquel cabaret de alcobas de humo. Sonaba un bird'n'roll* y todo el mundo danzaba como volando. Era como si estuviésemos a finales de los años cincuenta, y ese desajuste temporal me daba la impresión de encontrarme en un refugio. Era la época en que todavía llevaba mi corazón hecho pedazos metido en una caja a zapatos que había pertenecido a quien yo consideraba mi elegida. El tiempo de los viajes al filo del abismo. Aquella noche yo estaba KO, tanto es así que olvidé mi corazón en el asiento trasero de un taxi que me llevó al teatro.

---

* Medio rock'n'roll, medio batir de alas, el bird'n'roll es una enfermedad mágica que consiste en bailar como volando, una constelación de saltos desconsolados destinados a rozar el cielo. Practicado por primera vez por los astronautas Neil Armstrong y Buzz Aldrin, el bird'n'roll es el primer paso (de baile) en la luna.

Una vez dentro, después de beberme con pajita unos cuantos whiskys con cola, me fijé en un vestido de lunares azules que se abría en corola y en una flor roja en el pelo. Fue algo delicado, ligero y chispeante. Un destello de misterio que me llamó la atención. Cada vez que trataba de acercarme, ella se alejaba. Tenía la impresión de estar jugando a las damas con un pez salvaje. Intenté todos los pasos de baile posibles para ponerme frente a ella. No era precisamente el rey del swing, pero lo compensaba con energía.

Cuanto más jugaba ella a evitarme, más deseaba yo verla de cerca, ser aspirado por aquella corriente de aire eléctrico cada vez más intensa. Por primera vez desde mi accidente de corazón, me estaba dejando ir. Acariciar la idea de la glotonería me estaba sentando tremendamente bien. Fuera era casi de día. Tenía que darme prisa. La orquesta tocaba «It's Now or Never». Si salía de aquel teatro sin hablar con ella, temía no volver a verla nunca. A la vuelta de un eslalon bailado y de un regate digno de un futbolista de segunda división, llegué por fin a colocarme nariz con nariz con aquella chica que me imantaba. Incapaz de decir una palabra. Su pecho me templaba el torso como una bolsa de agua caliente. Temí que el flujo se la volviese a llevar, así que la besé. Un silbido asmático más tarde, había desaparecido.

—El beso más pequeño nunca visto ¿fue un beso robado? —me preguntó el viejo detective.

—Fue demasiado bueno para ser nada más que un beso robado, pero de todos modos… Sí. Un poco.

Regresé al teatro, pero entretanto habían cerrado. Nadie pudo informarme. Por más que recorrí los alrededores en monopatín durante horas, nada. Ni el menor indicio.

Las palabras del detective con cabeza de nube bullían en mi interior. Era el primero que me tomaba en serio. Hasta entonces, la gente a la que le había contado mi historia de la chica invisible se había esforzado metódicamente en deshuesar el esqueleto de mis esperanzas. Al parecer, estaba de moda decirme una y otra vez que, teniendo en cuenta mi afición desde niño a los sueños, debía de haberlo inventado.

Sin embargo, aquel recuerdo había hecho crecer una extraña flor en el fondo del agujero de obús que me servía de corazón. Poco más que una rosa, apenas una amapola. Pero era hermoso mirarla entre los escombros. Me daba fuerzas.

Yo rememoraba los consejos de Gaspar Nieve. Primero, me hacía falta un sonido de pulmón asmático femenino, a ser posible en re menor, que el loro podría memorizar e intentar reconocer más tarde. Aunque menos elocuente que el perfume, no había que descuidar ese indicio, sobre todo teniendo en cuenta que era el único de que disponía. Me decidí a pedirle ayuda a la farmacéutica timidísima que oficiaba en el Templo de la Medicina, no muy lejos de mi apartaestudio.

—Buenas tardes, Luisa.

—Hola, buenas tardes.

Cuando pronuncié su nombre delante de los otros clientes pareció ponerse nerviosa. Sin embargo, lo llevaba escrito en boli en la bata. Una congregación de viejos arropados en inmensas bufandas gruñía alrededor del mostrador. Algunos eran más jóvenes que yo.

—Gracias por la dirección de Gaspar Nieve. ¡Es sorprendente!

—¡Ah, eso! Pues la cosa no ha hecho más que empezar… Dime, ¿qué necesitas ahora?

—Amor y un tubo de vitamina C, por favor.

—¿Eso es todo? —respondió ella entrando en el juego, lo cual hizo suspirar al cliente que venía detrás.

—No, tengo que pedirte algo un poco especial…

—¿Más especial que el amor?

—Por lo menos más especial que la vitamina C.

—¿Esto va a durar mucho? —quiso saber el jefe de la tribu de las bufandas.

—No, no, perdón. Pasen.

Dejé que la farmacia se vaciase de sus últimos clientes, contentos como unas pascuas, y entonces volví a la carga.

—Luisa, tengo que pedirte un favor.

—¿Otra vez somníferos sin receta?

—No, esta vez no. Necesitaría la dirección de las morenitas asmáticas un poco demasiado guapas que viven en el barrio, ¿tendrías eso?

—¿Asiáticas?

—¡Asmáticas!

—¿Qué quieres hacer?

30

—Grabar el sonido de sus pulmones para poner al loro de Gaspar Nieve sobre la pista de la chica invisible.

—No puedo darte una dirección personal así como así —dijo ella en un tono tranquilo y pedagógico.

En el límite de su flequillo ultrafemenino, sus pupilas se dilataron.

Y es que entre sus recetas, bajo aquella luz de neón de cuarto de baño, Luisa la farmacéutica estaba soñando. Yo no sabía en qué, pero soñaba. Y mucho. Le gustaban más las historias que las medicinas, eso se notaba en su forma de escuchar. De hecho, gracias a contarle el beso más pequeño nunca visto había conseguido somníferos sin receta y el nombre del viejo detective del pelo de nube. Esta vez vencí su resistencia detallándole el plan minuciosamente elaborado por Gaspar Nieve. Acabó garabateando una dirección en una caja de Termalgin, y me cuchicheó que no revelase jamás mis fuentes.

Al caer la tarde me puse un traje más negro que la noche, mi corbata de luz de farola y una banda de tejido fosforescente que cuando coges velocidad tiene el aspecto de una estrella fugaz. Pensaba hacerme pasar por un vendedor ambulante especializado en corbatas mágicas. Unos años antes me había ejercitado en Palavas-les-Flots vendiendo perritos calientes vivos, unos cachorros bien calentitos metidos entre dos enormes rebanadas de pan. Tuve un éxito bastante relativo, pero digamos que conocía el oficio. Me dirigí a la calle

Charlie Chaplin número 47, el corazón henchido de un excitante nerviosismo. Sobre mi gran monopatín, con un loro en el hombro, me sentía como el capitán de un buque interestelar que surca el distrito tercero.

CAMPEONATO MUNDIAL DE MOÑOS

La chica que apareció en el rellano del segundo piso era una campeona mundial de moños… Se inclinaba ligeramente hacia la izquierda, lo que le daba un aire de Torre de Pisa. Era más pulposa que un ejército de naranjas y debía de medir un buen metro ochenta. Tosió levemente, buena señal. Hice mi entrada más o menos bien, con un «Buenas tardes, disculpe las molestias» clásico y tranquilizador, cuando de repente el loro empezó a silbar como una tetera orgásmica. Le ordené que se callase chasqueando los dedos, pero eso no hizo sino empeorar la situación.

—¿Qué desea? —preguntó, escupiendo el humo de su cigarrillo.

Para que mi asistente pudiese grabar sus pulmones, era necesario que se callase y no me cerrase la puerta en las narices demasiado pronto. Tenía que ganar tiempo.

—¡Ah! Eh, ¿yo? Sí… soy… ¡inventor de corbatas! —dije, enseñándole el tejido fosforescente.

—¿Un vendedor de corbatas?

Elvis aullaba de alegría. Aquello parecía el final de una peli porno sobreactuada.

—¿Se está usted riendo de mí?

—Qué va, ¡en absoluto! Pero por lo que parece mi loro la aprecia mucho, espero que lo entienda, es muy expresivo. ¡Demasiado! Ya se lo he dicho. Es un poco demasiado expresivo. ¡Elvis! ¡Chsss…! ¡Eres demasiado expresivo!

—Sí, sí. Se está usted burlando de mí —insistió en tono monocorde, los ojos medio cerrados.

—¡Elvis! ¡Chsss…! ¡Elvis, por favor!

Los ojos de la chica me indicaban que, en su cerebro, el portazo estaba descargado en un 98 por ciento.

—¿Quién es? —preguntó una voz masculina desde el fondo de la habitación—. ¿Otro testigo de Jehová?

Los ardores de Elvis se calmaron de golpe. Mientras pisoteaba mi hombro izquierdo, allí estaba yo ante la puerta esperando a que grabase el famoso silbido. Ella se fumaba su cigarrillo con tal intensidad que aumentaba el volumen de sus pulmones.

—¿Quién es? —insistió la voz.

—Nadie… un vendedor de corbatas fosforito con un loro.

—¡Ah, no, nada de fosforito! ¡Fos-fo-res-cen-tes! ¡Más vale no confundirse! Fíjese bien… —dije, tratando de espigar algunos segundos de grabación.

—¿Eso es todo? ¡Gracias y buenas noches! —respondió ella, y desapareció tras una nube de humo.

Durante el camino de vuelta, el loro repetía la escena a la que acababa de asistir. El silbido de los pulmones solo era perceptible tras la intervención de la voz masculina, antes había demasiado ruido. Pero ahí estaba. ¡Tenía un principio de pista!

Una vez en casa, grabé al loro con un viejo micrófono de válvulas tan sensible que resultaba emocionante, y aislé el pasaje que me interesaba: la melodía de los pulmones. Luego copié el sonido para hacérselo escuchar en bucle al loro.

EL ATETADOR

Mientras Elvis ensayaba sus gamas de silbido pulmonar con los cascos puestos, yo escribía la historia del beso más pequeño nunca visto.

El recuerdo de una chica invisible es frágil. Requiere de un cierto mantenimiento. Escribir sobre ella era una buena forma de alimentarlo. Me apliqué con frenesí. A falta de hablar con ella, hablaba de ella. Recogía las migajas de aquel sabor tan particular que había impregnado mis labios antes de desaparecer. Sus pechos también dejaron una huella extraordinariamente precisa en mi pecho. Yo intentaba fotografiar la sensación utilizando palabras.

Una vez hube redactado las historias se las enseñaba al loro. Él las recitaba haciendo vibrar las *erres*, lo cual salpimentaba el tema y lo alteraba con cierta gracia.

El atetador

Tu cuerpo se parece, hasta confundirse con él, a ese árbol frutal que tiene la particularidad de no producir más que dos frutos por vida.

Cuentan que si te duermes entre sus ramas te despiertas enamorado.

Cada vez, yo añadía: «Si eres la chica que desaparece al besarla, por favor, déjame un mensaje hablando a la oreja del loro».

Y ya. El cebo para chica invisible estaba listo.

Quise medir el cociente poético de mis historias con mi farmacéutica. Tan pronto como el loro empezó a hablar, ella se echó a reír como una gallina que se hubiese atragantado. Buena señal. Había llegado la hora de lanzar la operación «Pesca de la sirena».

Al atardecer, lancé a Elvis entre las estrellas y los semáforos. Él se agitó en silencio y se evaporó en el horizonte rectangular de las viviendas. Me había convertido en pescador de sirenas, con un loro a modo de caña de pescar. Solo la farmacéutica y el detective estaban al tanto de mis artimañas nocturnas. Ellos no me juzgaban, me animaban, apreciando hasta qué punto me venía bien aquella búsqueda. Era tan excitante y ridículo como doblar un trozo de papel para meterlo en una botella y echarla al mar, pero no era peor que dejar un anuncio en la farmacia, del estilo de «Se busca chica invisible. Si usted la ve, por favor, póngase en contacto conmigo en el número 06 46 53 26 98».

Demasiado impaciente a la espera del regreso de Elvis, continué con mi búsqueda pegando cartelitos por todo el barrio con alguno de los poemas. El viento los despegaba sin tomarse el trabajo de leerlos; con la lluvia, la tinta se corría como rímel, pero yo me aferraba a mi impulso.

Al salir el sol, el loro volvió por fin y llamó a mi ventana. Le abrí, él revoloteó de pared a pared como una bola de pinball viviente, hasta que se enganchó la cabeza en la persiana.

Chasqueé los dedos tres veces y recité los mensajes que había grabado en sus encuentros. La mayoría eran risas más o menos benévolas, algunos eran insultos, otros bromas sin gracia de gente como una cuba. «Sí, sí… soy yo la chica que… ¿qué?, ¿ya?» El loro también contenía un «Soy el tipo de chica que desaparece cuando la besas y me gustaría mucho saber cómo sigue la historia» entre tiernas risas, pero era la voz de la farmacéutica. «De hecho, soy Luisa», concluía.

El hallazgo más importante fue el siguiente: todas las chicas a las que Elvis se había acercado respiraban como asmáticas. El loro tenía puntería.

CHOCOLATIZACIÓN

Para seguir adelante con mi búsqueda, tenía que encontrar nuevos elementos a los que el loro pudiese hincarle el diente. No disponía del menor indicio olfativo, pero quizá pudiese tratar de recrear el sabor del beso. La idea era encontrar los ingredientes que se correspondiesen con el ADN goloso de la chica invisible, para inoculárselo al loro. En aquellos momentos, mi maldita ultramemoria se convertía en un arma preciosa.

Volví a pasar la película de aquella sensación, pelándola como una nuez. ¿Cómo era el célebre beso? Eléctrico, suave y dulce a la vez. ¿A qué podría equivaler su textura, en qué grado era crujiente? También rememoré su lengua, su aliento, la dulce explosión de sus labios.

Una vez hube analizado estos elementos, me puse manos a la obra a elaborar un bombón relleno de néctar de beso y pasé la noche buscando-degustando en la tienda de ultramarinos que abría a medianoche en la esquina de la calle Brautigan. Volví armado con un chocolate con leche untuoso como el recuerdo de su lengua. Para obtener la fresca vivacidad del contacto de sus labios, necesitaba alguna fruta, concretamente un cítrico. Dudé entre la mandarina y el limón azul, hasta que me decidí por la naranja sanguina y su sugestiva acidez. Añadí un miligramo de jengibre, por superstición erótica.

Cuatro de la mañana, hora de la degustación nocturna. Mi bombón relleno del beso más pequeño nunca visto estaba listo. Me lo puse en la lengua. ¡Se derritió como en una explosión! Casi tuve la impresión de estar besando a distancia a la chica invisible. Casi.

Ávido de opiniones externas, decidí dárselo a probar al viejo detective. A pesar de lo tarde que era, encontré a Gaspar Nieve en su oficina escuchando a Elvis Presley en su gramola de madera lacada en rojo. Me sirvió una Coca-Cola sin burbujas y empezó a degustar el chocolate con la concentración de un sumiller. Cerró los ojos, gimió y se zampó media caja en menos de cinco minutos.

Casi por los pelos, logré salvar algunos para probarlos con Luisa. Cuando le expliqué que se estaba comiendo el equivalente de un beso, la farmacéutica se puso roja y me preguntó con desgana si podía darle otro. Era un excelente barómetro erótico. Con cada nuevo bocado, su mercurio emocional ascendía. Y empezó a alumbrar su farmacia como un pequeño sol con gafas.

—Es mejor que las medicinas, ¿verdad? –pregunté.

—Oh… ¡sí! Es… ¡Ah! ¡Oooh… asombroso!

Luisa sonreía y chillaba cada vez más fuerte. Peor que Elvis en el hueco de la escalera de aquella asmática con moño de loca. Me pidió que la excusase y desapareció en la trastienda. ¿Hipersensibilidad al jengibre, quizá?

—¡Ooooh! —continuaba la farmacéutica, en trance en la rebotica.

Podía iniciar la segunda fase de la operación «Pesca de la sirena». Rallé unos gramos de aquel chocolate y los mezclé con las semillas del loro. Elvis empezó a silbar como una tetera y partió como una flecha al asalto de la luna.

Lo equipé con unas gafas provistas de cámara oculta que me permitiría visualizar sus trayectos. Lo primero que descubrí fue hasta qué punto estaba en lo cierto el viejo detective con pelo de nube: el loro tenía un olfato incomparable para encontrar chicas «un poco demasiado guapas». Se sentía atraído por la belleza, y no por cualquier belleza. Por el encanto y por la gracia, por esas mujeres que llegan a confundirse con pastelerías. Llegó incluso a confundirse y a chocar contra el escaparate de alguna que otra panadería. Cosa de su dislexia…

ATENTADO PALOMITA DE MAÍZ

Fuera, nevaba. En pocas horas, el barrio quedó cubierto de copos-confeti. El circo del invierno parecía un gigantesco donut salpicado de azúcar glasé y, en las aceras, el ruido de los pasos quedaba amortiguado. Los cartelitos que yo pegaba todos los días en las paredes del barrio se convertían en rebanadas de pan untadas de algodón o desaparecían. El letrero eléctrico de la farmacia apenas palpitaba bajo la espesa capa de escarcha.

El loro volvió, más blanco que una paloma de la paz. Silbaba a cada inspiración, tosía violentamente, temblaba, hipaba como si fuera a escupir papel de lija. Lo que faltaba, ¡ahora iba a ser responsable de la muerte de Elvis! Para que entrase en calor, lo arropé dentro del atroz plumífero que me había comprado para ir a Canadá y con el que parecía un neumático pinchado, y le apunté a la cabeza con el secador de pelo como si fuese un fusil. Sin éxito. Silbaba a muerte. Ya me veía devolviéndole a Gaspar Nieve su frío cadáver.

Bajé a la farmacia a pedirle consejo a Luisa; mi pinta de muñeco Michelin la dejó perpleja. En cuanto abrí el plumífero, el loro escapó y se puso a revolotear alrededor de la farmacéutica como un mosquito alrededor de una bombilla. Tuve que subirme en el mostrador para recuperarlo.

—¿Qué puedo hacer?

—Yo no soy exactamente veterinaria…

Elvis ya no dejaba de estornudar.

—¿Y si rallo un Termalgin y se lo meto entre las semillas?

—Más vale que no. ¿Se lo has comentado ya al detective?

—No quisiera preocuparlo…

—¡El más preocupado aquí eres tú! Espera un poco, seguro que se recupera —dijo tosiendo un poco—. Ya ves, con este tiempo, todo el mundo está enfermo. Si no mejora, habrá que llevarlo al veterinario.

—Esperemos que todo vuelva a la normalidad. Muchas gracias, siento las molestias. Buenas noches.

—Ningún problema. ¡Buenas noches!

Al salir de la farmacia, los silbidos del loro se calmaron de repente. En el ascensor que volvía a subirnos al apartaestudio se me ocurrió una idea. ¿Y si Elvis no hacía sino repetir lo que había oído durante el día, como por ejemplo unos silbidos asmáticos? Chasqueé tres veces los dedos para verificarlo: su hipo continuó como si nada. ¡Estaba estornudando por encargo! Conecté mi afinador para comprobarlo… Todos los sonidos que producía estaban en la misma tonalidad: re menor.

Visioné los vídeos captados por la cámara invisible, pero estaba en blanco. Nada. Era como si alguien los hubiese borrado.

Mientras intentaba encontrar algún tipo de rastro de aquellas grabaciones, sentí que el suelo se resquebrajaba. Una vez. Silencio. Una segunda vez. Luego, nada más. La luz se apagó. Me dirigí refunfuñando hacia el contador, convencido de que los plomos habían saltado. Pero no, todo estaba en orden. De repente se produjo un ruido sordo y la máquina de palomitas se puso en marcha. ¡Un volcán de maíz acababa de entrar en erupción en medio de mi apartamento! Traté desesperadamente de apagar la máquina y, cuando por fin volvió a reinar el silencio, oí que se cerraba la puerta de entrada.

Me precipité al hueco de la escalera, donde cada peldaño repicaba como las notas de un piano de madera hueco. Mis tres primeros pasos sonaron do, re y mi. Silencio, luego percibí una especie de contrapunto en tres pasos: sol, la, si. Me detuve en seco. Nada. Entonces puse mis dos pies simultáneamente sobre los escalones «mi» y «sol», lo cual activó a modo de respuesta un coro que repetía claramente la melodía de «It's Now or Never». Tenía un swing como de claqué. Intenté mantener la apuesta bailando sobre toda una octava de escalera, pero me faltó flexibilidad para mantener la cadencia.

De repente, sentí un calor suave, dos pequeños radiadores vivientes acurrucados contra mi pecho que zumbaban bajo el efecto del baile. «La temperatura de estos pechos es ligeramente superior a 37 grados», pensé con los reflejos de mi nuevo cerebro de aprendiz de detective. Debe de resultar agradable perderse en una tormenta de nieve con ellos a tu lado. Distinguí el tintineo de una risa. El re menor de unos pulmones asmáticos resonó en sordina. Escuché, en apnea, para que no me estorbase el ruido de mi propia respiración. Oí un suave hipo a unos pocos centímetros de mi oreja izquierda.

Fue justo entonces cuando una vecina muy gorda disfrazada de globo apareció en la puerta de enfrente gritando «¿Qué pasa aquí con tanto jaleo?». Chillaba más fuerte que si hubiésemos organizado un ballet con elefantes de cristal y acabasen de romperse los unos contra los otros en el hueco de la escalera. No le respondí y el silencio volvió por sí solo, esparciéndose por los escalones para envolver por fin el conjunto del edificio. La vecina volvió a meterse en su casa, como un cuco que suena a medianoche. Las volutas de cascabeles asmáticos habían desaparecido, lo mismo que la sensación de bolsa de agua caliente contra mi pecho.

Bajé los escalones de puntillas, ausculté el hueco de la escalera. Cada perturbación en la onda de silencio, la menor resonancia sospechosa, llamaba mi atención. La puerta del edificio rechinó bruscamente y se cerró de golpe. Me pareció distinguir una silueta, pero en la calle no quedaba más que la noche.

Volví a mi apartaestudio; el suelo estaba cubierto de palomitas de maíz. Busqué un mensaje, un código, un indicio. Nada, aparte de la desaparición de unos cuantos bombones del molde donde los había dejado para que se enfriasen.

LA PRUEBA

Las palomitas y las huellas de unos delicados zapatos de tacón que descubrí en la escalera con el polvómetro me proporcionaron la prueba necesaria: la chica invisible recibía mis mensajes.

Chocolateé al loro y le hice escuchar algunas notas de pulmones asmáticos, luego le hice aprenderse de memoria el siguiente mensaje: «It's now? Never? Or when?».

El loro volvió con dos palabras, esbozadas por una voz más fina que la porcelana: «No sé».

Era la primera vez que un «No sé» me hacía tanta ilusión.

No salía de mi asombro. Le hice repetir una y otra vez el mensaje a Elvis para impregnarme bien de aquella voz, que ya me parecía familiar. ¡Oh, gozo de quien encuentra oro puro! ¡Géiser de luz dorada en forma de palabras!

Le respondí en el acto: «Me gustaría verte».

Una vez el loro lanzado a cielo abierto, el mensaje me pareció más o menos igual de adecuado que proponerle a una ciega si quería ir al cine. Pero era demasiado tarde.

Elvis hizo una ida y vuelta exprés. Se posó sobre mi perchero y repitió: «Si aparezco, no me amarás».

Y yo le respondí por loro interpuesto: «¿En serio temes que no te ame?».

Elvis reapareció cuarenta y cinco minutos más tarde, desgreñado como si hubiera puesto los dedos en un enchufe, y me repitió las palabras casi imperceptibles de la chica invisible: «Oh, no temo nada. Preferiría que no me amases demasiado…».

Volví a enviarlo de inmediato: «¿Cuál sería la dosis de amor ideal en centilitros? Procuraré no sobrepasar tu prescripción».

Y su respuesta: «Propongo una dosis microscópica. Besos cariñosos de París».

Sin duda sería más sencillo comunicarse mediante textos, incluso siendo como era Elvis un auténtico loro wi-fémina. Concluí nuestro intercambio enviándole el siguiente mensaje: «¿Podríamos no-vernos de nuevo?».

La idea de hablar con la chica invisible por loro interpuesto bullía en mi cabeza. En el cruce de las estrellas y los semáforos rojos, la línea de transmisión se había estremecido. Mi corazón y mi cerebro se entregaban a una partida de ping-pong de preguntas. ¿Por qué la sola idea de que pudiese amarla le daba tanto miedo? ¿Estaba enamorada de otro? ¿La había decepcionado? ¿Se sentía molesta porque le hubiese robado un beso? ¿Qué habría sucedido si la vecina no llega a irrumpir en la escalera?

Intenté recompensar a Elvis comprándole semillas de lujo para pájaros y repitiéndole una y otra vez que era el King de los loros. De pronto, repetía en bucle: «¡Kiiiing! ¡Loooooo!». Penoso. A la mañana siguiente les llevé una caja de chocolatinas a Gaspar y a Luisa para agradecerles su preciosa ayuda. Estaba tan contento que hasta parecían preocupados por mí.

Aquella misma noche, decidí seguir a Elvis en monopatín. Preparé un enganche de cinco ardillas de combate para mantener la velocidad en caso de calambre en la pantorrilla o por si el ave decidía tomar algún atajo (en los aires, las direcciones prohibidas son mucho menos habituales). Dispuesto a descubrir el secreto de la chica invisible, me puse un traje oscuro, con objeto de deslizarme entre las sombras. Tenía la sensación de partir en misión hacia un planeta desconocido, o por lo menos a un nuevo barrio.

El cielo estaba escarchado, más o menos como las calles. Subí por el bulevar Daniel Johnston. Más abajo, la luz de la luna fluía sobre la columna de mármol de la plaza de la Pastilla. En la calle de la Chocolatina, el loro torció bruscamente a un lado. Arengué a mis ardillas para que se colasen entre los coches, saltando sobre el capó y rebotando en la luz de los faros. Parecía un incendio de pieles. Surfeé sobre el asfalto del carril del bus, la velocidad aumentaba, las ruedas derrapaban, olía a plástico quemado.

En la esquina del bulevar Bashung, un bus sacó su hocico de coloso metálico. Pánico: ¡iba demasiado rápido para frenar a tiempo! De un golpe de riñón evité al monstruo, pero los hilos que me unían a las ardillas se engancharon con el retrovisor y me estrellé contra el parabrisas. En el interior, la gente me miraba como a un puto extraterrestre. Acabé por soltar la brida y mi enganche se dispersó como la explosión final de un castillo de fuegos artificiales. Por fin se detuvo el bus, y con él la fuerza centrífuga, y acabé rodando por la acera y con la nariz en el expositor de un vendedor de periódicos mientras mi monopatín continuaba en medio de la calle. Una cortina de brumas plateadas me separaba del resto del cielo. Elvis había desaparecido. Los cielos eran demasiado grandes, así que no me quedó otra opción que volver a casa.

MISIRLOU

En el momento en que el sueño le daba la última vuelta de tuerca a mis párpados, el loro se estrelló contra la ventana. Mi corazón se embaló a la velocidad del *staccato* de guitarra al principio de «Misirlou» en *Pulp Fiction*. Elvis se posó junto a mi cama. Intenté espabilarme y chasqueé los dedos tres veces.

Un sonido de pulmón y un pequeño hipo más tarde, descubrí esto: «Soy yo quien ha desaparecido por el efecto de tu beso, y creo que te debo una explicación... Me llamo Sobralia; es el nombre de una orquídea que no solo florece una vez. De las que se pasan la mayor parte de la vida siendo un capullo. Mi padre le había regalado una a mi madre cuando pasaron unos días en la ladera del volcán Arenal, en Costa Rica. Al día siguiente sus pétalos habían desaparecido, y nueve meses más tarde nací yo. Era la broma preferida de mi padre para explicar mi enfermiza timidez en las comidas familiares. Lo cierto es que siempre me molestó. Desde que soy muy pequeña, tengo la sensación de que la gente no me ve. En las tiendas, incluso cuando estoy la primera, siempre me atienden la última».

Elvis empezó a repetir en bucle la última frase. Era como un viejo 45 revoluciones rayado. Luego se derrumbó en el suelo. Rígido. Chasqueé los dedos tres veces. Ni una palabra. Solo el silencio y su dichosa cabezota de ave. Peor que una tele que se rompe en plena final del Mundial. Le pedí que rebobinase, hasta que me di cuenta de que en su bebedero no quedaba agua… Una vez saciada su sed, ¡empezó a hablar de nuevo!

«La primera vez que un chico me besó, fui invisible durante tres minutos antes de aparecer de nuevo. Sucedió en el patio del colegio, bajo un plátano, y tras besarme con los ojos cerrados, el chico se quedó dando vueltas y más vueltas alrededor del árbol tratando de encontrarme. Cada vez que nuestros labios entraban en colisión, incluso con suavidad, yo desaparecía. Probé con otro chico, bajo otro plátano. Lo mismo. Al hacerme mayor, el fenómeno se acentuó. Cuanto más me gustaba alguien, más tiempo desaparecía. Hasta que me enamoré apasionadamente y ya no volví a aparecer.

»Al principio, a él le gustaba aquel misterio. Debió de pensar que ese vínculo huidizo formaba parte de mi encanto. Pero a medida que me veía desaparecer demasiado tiempo se fue cansando. Yo sentía que tenía que reaparecer para no perderlo. Al final lo logré, pero era demasiado tarde. El tiempo había pasado. Él me había olvidado un poco. Después de tanto lío, yo ya no le causaba el mismo efecto. Creo que eso fue lo que más me marcó. Reaparecer después de tanto luchar por ello, y tener la impresión de no haber existido nunca.

»Al final pasé página, pero cada vez que me enamoraba se repetía la misma historia: desaparecía. Nadie tenía tiempo para amarme de verdad. Incluso hubo veces que me olvidaban antes de dejarme, o que olvidaban dejarme. La única ocasión en que conseguí no desaparecer fue con un hombre que no me decía gran cosa. Traté de convencerme de que lo amaba hasta que me rendí a la evidencia: no amar demasiado, esa era la clave para no desaparecer demasiado, para no sufrir demasiado.

»Entonces empecé a robarle besos a gente que me parecía no entrañar peligro alguno, emocionalmente hablando. De ese modo, podía ser visible la mayor parte del tiempo y respirar convenientemente sin apartarme de la sociedad. Pero después de nuestro beso ya nada funciona, ¡no consigo reaparecer! Por eso creo que sabes un poco más sobre más o menos todo.»

Sacudí al loro de arriba abajo para que continuase, pues en ocasiones ciertos mensajes se le quedaban atragantados, sobre todo cuando olvidaba darle de beber. Chilló de rabia y me di cuenta de que no iba a poder sacarle nada más.

Después de largos minutos tratando de deshacer los nudos de mi corazón y mi cerebro, deslicé el siguiente mensaje en la oreja de Elvis: «Si te besara de nuevo, ¿crees que todo se invertiría?».

El loro regresó al alba con un nuevo mensaje de la chica invisible que empezaba con una serie de estornudos en trinos y silbidos. Todos en re menor.

«Quizá, pero no podremos besarnos más que una vez. Pues al siguiente beso desaparecería de nuevo. Y sé por experiencia que ya no puedo permitirme aparecer y desaparecer como quien pulsa un interruptor. Eso es lo que ha desencadenado mis crisis de melancolasma. Hipos poderosos como tormentas de granizo. Creo que después de haberme encendido y apagado tantas veces, mi cuerpo ya no soporta el amor. Si lo intentase, mis pulmones se fundirían como una bombilla.

»Además, como sabes, me he acostumbrado a vivir así. Trato de sacarle partido a mi invisibilidad. También tiene sus ventajas. Puedo hacer que los objetos se muevan sin que nadie me vea. Mi especialidad son las casas encantadas y los espectáculos de ilusionismo. He llegado a jugar a los superhéroes. Incluso un gran forzudo armado sale perdiendo en comparación con una chica invisible. Pero, ante todo, la felicidad me asusta. Soy consciente del dolor que puedo causar. La idea de la decepción me impide disfrutar de una historia de forma espontánea. Creo que no he nacido para vivir las cosas de forma duradera, aparte de la invisibilidad. Me contento con degustar alguna chuchería de vez en cuando, pero respeto las dosis homeopáticas de amor que me he prescrito.»

«¿Podríamos igualmente no-vernos, por lo menos una vez?»

«Si me prometes no-besarme, no veo por qué no.»

EL MONSTRUO DE MELANCOLÍA

Resultaba horroroso y al mismo tiempo tranquilizador enfrentarse a alguien tan extraordinariamente herido por el amor. Un monstruo de melancolía que se da tanto miedo como para llegar a aceptar su condición de chica invisible…

Sus pesares resonaban en los míos y me acurrucaba en ese eco. Como ella, también yo presentaba un terreno minado por la explosión amorosa. Tal vez si ella llegase a saber hasta qué punto coincidían nuestras angustias se tranquilizase un poco. A menos que la ahuyentase todavía más. Para bien o para mal, teníamos en común ese material inflamable, esa predisposición a la pasión.

Me gustaba sentir que nos parecíamos, pero, al mismo tiempo, su espejo me devolvía la imagen del monstruo en que me había convertido. Ese ser decepcionado hasta la médula, cargando de un sitio a otro con su corazón roto en mil pedazos. Ese puzle ambulante que iba esparciendo sus piezas día tras día, resignado a no volver a verlas. A veces nos derrumbamos hasta tal punto que incluso la idea de la felicidad nos asusta. Los ojos del corazón se acostumbran a la oscuridad e incluso la luz más suave se vuelve cegadora. Yo no estaba seguro de poder enfrentarme con todos esos miedos. Pero sentía la punzada de una nueva forma de deseo. Nuestras electricidades mezcladas provocaban un extraño cortocircuito de corazón. No era el más confortable de los vínculos, pero sin duda existía.

ESPARADRAMOR

Nos citamos la siguiente luna llena en la calle de la Chocolatina, delante del número 147. Yo estaba a punto de que me diese algo. Pasé por casa de Gaspar Nieve, que me motivó como un entrenador. En cuanto a Luisa, me regaló una caja de vitamina C. Muy eficaz, según ella. Busqué en vano un disfraz de aurora boreal, así que me confeccioné una chaqueta de osezno con nubes de azúcar. Para los botones, utilicé los chocolates que había inventado para imitar el sabor de sus labios. Si ella seguía adelante en lo concerniente a la cuestión del no-beso, ¡por lo menos tendría algo a lo que hincarle el diente! También preparé unos fuegos artificiales portátiles de ocho centímetros, y me llevé a Elvis sobre el hombro para que le declamase:

Esparadramor

Quise creer que no eras más que un esparadramor, pero cuando empezaste a despegarte de mí me dolió más que si me arrancasen la piel con un tenedor.

Llegué un poco antes y me puse a ensayar la función con los fuegos artificiales y mi pájaro parlante. Algunos curiosos se pararon, pensaban que iba a dar un espectáculo callejero. Elvis estaba insoportable, cada vez que se acercaba una melena morena de ágiles rizos ponía en marcha sus simulaciones orgásmicas. Un crío trataba de comerse mi chaqueta de osezno-nube cuando una melodía de pulmones asmáticos en re menor se abrió camino en el silencio entre un claxon y un ruido de motor. El loro recitó «Esparadramor» y, unos hipos más tarde, un destello de luz rojiza empezó a brillar a 1,57 metros sobre el nivel del asfalto. Dos pequeños radiadores vivientes se acurrucaron entre mis omóplatos.

—Estoy aquí.

—Ya lo sé —dije yo, volviéndome.

Con la punta de los dedos recorrí la circunferencia de sus antebrazos. El contacto de su piel era musical, cada embrión de caricia me daba la impresión de estar al mando de un piano con teclas de viento. Remonté la gama de sus suaves hombros. Ella hizo tañer en sordina las campanillas de su risa, el volumen no sobrepasaba el de su respiración asmática. Cerré los ojos, sentí sus cabellos fluir entre el pulgar y el índice de mi mano derecha. Escalar su cuello hasta rozar aquellos labios prohibidos se me antojó peligroso. Mordisqueé cada milímetro, con la concentración de quien vierte oro líquido en un frasco. Los dos radiadores vivientes me envolvían el torso, y mi chaqueta con chocolate empezó a derretirse. Mis costillas soñaban con transformarse en manos para acariciar sus pechos-pelota. Oí su corazón latiendo en el vacío. Sonaba. Era como si alguien construyese una ciudad en miniatura con herramientas de cristal bajo su clavícula izquierda. Levanté el mentón hacia su hipotética barbilla para no-besarla con todas mis tiernas fuerzas.

—Sabes que no podemos —susurró.

—Que una chica que pasa y no la ves te mande a paseo es una especie de justicia divina.

—Ojo con la tempestad, querido.

—No te preocupes, estoy bien cubierto.

Dejó escapar una pequeña sonrisa, una especie de muestra de complicidad gratuita. ¡El corazón de aquella chica invisible era un puto cubo de Rubik! Por más que lo hacía girar en todos los sentidos, no llegaba a juntar los cuadraditos del mismo color en la cara correcta.

—Dime dónde empieza y acaba tu boca, para que pueda besarla toda.

—Vamos a hacerlo más fácil. Si me prometes que no te moverás, yo dirigiré las operaciones de no-beso.

Me quedé quieto como si fuesen a sacarme una foto de larga exposición, pero con los ojos cerrados.

Sentí el viento cálido de sus labios muy cerca de los míos. Explosión de pulpa-naranja sanguina. Ella encadenó un collar de no-besos en la comisura de mis labios, subiendo hasta el borde de mis hoyuelos. Era dulce, picante, suave. Increíblemente suave. ¡Y la ardilla-lobo que dormía en mis glóbulos rojos se despertó! Normalmente, la ardilla-lobo estornudaba cuando mi tasa de melancolía sobrepasaba el 80 por ciento y yo la condimentaba con whisky con cola, pero esa vez juzgó oportuno intervenir y plantó cohetes de todos los colores en el interior de mi cuerpo. También yo la nobesé. Cada vez más al borde. Con cada nuevo no-beso, la ardilla-lobo lanzaba un cohete. Salían de mis ojos en ramilletes verdes y grises. La extraña rosa en el fondo de mi agujero de obús extendía sus pétalos como las alas de una mariposa. Para desexcitarme, cerré los ojos y pensé en la sala de espera del dentista y en sus revistas del mundo rosa. Pero la ardilla-lobo, risueña, pegaba fuego a mis ideas refrigerantes y encendía nuevos cohetes. Más brillantes, más rápidos, más numerosos y mucho más voluminosos. Estaba a punto de transformar los no-besos en auténticos besos. Mis brazos se crispaban de alegría alrededor de su cuerpo y los suyos me pagaban con la misma moneda. Ya solo pensaba en una cosa: completar mi colección de besos más pequeños nunca vistos.

De repente, un ataque de tos más seco que una llave inglesa rodando por una escalera de hierro perturbó nuestro abrazo. Pasó un segundo y fue más profundo, con ese viento de asma que silbaba entre sus pulmones. Su cuerpo crepitaba como una bombilla en sobretensión. Como si fuese un fantasma rojo plateado incandescente que moría por segunda vez. Tenía miedo de tocarla, de romperla, de quemarme. Tenía miedo. Veía crecer incendios estroboscópicos bajo sus párpados, desplegarse en llamas azules. ¿Iba a explotar ante mis narices? ¿A iluminar todo el barrio? ¿A pegarle fuego a su cabello?

—No puedo… Lo siento.

Su voz chisporroteaba de terror. Su cuerpo se desvanecía entre mis dedos; uno a uno, sus destellos se apagaban. Traté de volver a atraparla, pero fue en vano.

Unas cuantas fricciones más tarde, estaba solo ante una gran nada. Desaparecida de nuevo. Evaporada. Me quedé allí, plantado como un clavo torcido, luego me senté apesadumbrado en mi monopatín y me apoyé contra un plátano. El ruido de vajilla rota que hacía su tos siguió resonando.

CUANDO UNA CHICA INVISIBLE TE MANDA
A PASEO

Conseguir que te no-bese una chica invisible y ver como a pesar de todo desaparece es muy parecido al colmo de la soledad. Me reprochaba a mí mismo haberla dejado escapar. Tenía la sensación de haberlo echado todo a perder. Por más que en mi interior me esforzase por desechar semejante idea, se acababa imponiendo como la certeza de que tras el trueno viene la tormenta.

Por un instante, aquel impulso había hecho desaparecer a mi miedo al amor. En cuanto a ella, puede que fuese demasiado. Demasiado pronto o demasiado tarde para siempre. Puede que se asustase con mis juegos de cohetes no controlados. Sea como fuere, no se quedó. Incluso podía decirse que se había más-que-ido.

La luminosa esperanza que transmitía aquella chica invisible ahora se desdibujaba. La angustia me removía las uñas del cerebro. Mis viejos fantasmas hacían cola a la puerta de mi corazón, aguzando los recuerdos en afiladas sombras. Especialmente, aquel famoso día de enero en que se abrió el grifo de tsunamis. Volvía a verme a mí mismo atrapado en el hueco de la escalera de mi

67

viejo apartamento, en medio de la oscuridad. Hacía frío. El olor a comida, tan familiar, se deslizaba bajo la puerta de la antigua mi-casa. Aquella antigua mi-casa cuyo rellano ya no tenía derecho a atravesar. La lluvia helada que se cernía sobre la calle de la Chocolatina me empezaba a calar. El oxígeno del cielo entero ya no me bastaba para respirar.

Traté de recuperarme, pero las sensaciones de rechazo, de injusticia y de ausencia salían a flote y me paralizaban. ¡Estaba en condiciones de entender el miedo al amor que al parecer sentía la chica invisible! Quizá tendría que habérselo dicho.

Mi chaqueta de osezno-nube se había derretido casi por completo y yo empezaba a parecerme a una vieja rebanada de pan abandonada. Mientras trotaba alrededor del árbol, Elvis se desgañitaba: «¡Kiiing! ¡Loooorooo!».

FRANCIA-AGUANIEVE

Aquella noche, no me decidí a regresar a mi apartaestudio. Necesitaba escapar de mí mismo. Necesitaba dejar de pensar.

Beberme las estrellas a morro era una técnica para bloquear la máquina temporal. Difuminar el pasado y el futuro unas cuantas horas para situarme en el hiperpresente con whisky disfrazado de cola y ron escondido entre hojas de menta. Veía a mis demonios correteando entre las burbujas, pisando a fondo como el invierno anterior. Solo pensaba en una cosa: huir a otro tiempo. Antes de la explosión de la central de sueños. Antes del temblor de testa, antes de los atentados de repetición. Cuando fabricaban cohetes sin cinturón de seguridad. Cuando cabalgábamos hasta fundir la noche dejando que el día estirarse sus grandes brazos de luz.

Inclinado sobre la barra, oía risas detrás de mí. Era demasiado viejo para ser tan tonto, demasiado joven para ser tan viejo. Francia ganaba a Brasil 1-0 en partido amistoso, pero a mí no iba a salvarme nadie. Y lo que era todavía más terrible, yo no iba a salvar a nadie.

Para pretender ayudar a los demás, antes era necesario salvarse a uno mismo. Y eso seguía estando fuera de mi alcance.

Al día siguiente le conté a Luisa lo que me había no-sucedido. Ella me preguntó si me quedaban besos. No supe qué responderle.

—Bombones, quiero decir.

—Gaspar Nieve se los ha comido todos.

—Buuuf... —exclamó, alzando la vista al cielo.

—Y de momento no me apetece demasiado preparar otros.

—Se te pasará —dijo ella con una ternura llena de sinceridad.

Me ofreció espino blanco y me aconsejó tomar una decisión con la cabeza despejada.

El problema es que mi cabeza no está nunca despejada.

Mi cerebro es una casa de campo para demonios. Vienen a menudo y cada vez son más numerosos. Se preparan aperitivos con el licor de mis angustias. Se sirven de mi estrés porque saben que lo necesito para avanzar. Todo depende de la dosis. Demasiado estrés y mi cuerpo explota. Demasiado poco, y me paralizo.

Pero el demonio más violento soy yo mismo. Sobre todo desde que perdí la guerra mundial del amor. Me convertí en un puto árbol de Navidad durante todo el año, de esos que abandonas en la acera después de despojarlo de todos sus adornos.

Antes de llegar a ese punto, acepté cortar mis raíces por amor. Abandoné mi bosque salvaje para convertirme en un árbol doméstico. Aprendí a ser feliz en mi apartamento, con mis guirnaldas eléctricas llenas de malos contactos. Conocí la alegría de «longitud focal larga» de la proyección. La gran aventura de una cierta normalidad. El orden de las cosas. Los planes de química divertida, la que convertía los sueños de niños en sueños de tener niños. Y es la intensidad loca de esa esperanza destruida la que hoy me adormecía.

Todavía me acuerdo del día en que ella me declaró su pereza de amar. Fue delante de la tele y yo, mirándola a los ojos, apenas entendí nada.

Entonces el tiempo se oscureció y empecé a perder mis manecillas. Primero algunas, como sembrando la duda. Luego cada vez más. Unos palitos chinos de manecillas sobre las baldosas de la cocina. Mis ramas cedían por querer sostener mil y una lucecitas decorativas. Pero algo se había apagado en ella, y no supe volver a encenderlo. Arrastrando a mi pesar ese armazón por las sombrías aceras de enero, creí haberme resfriado para siempre. En la calle, la gente se burlaba de mí y de mis guirnaldas sin electricidad. Con mi ropa del invierno anterior y su olor a colada de una antigua felicidad, daba miedo.

EL PROBLEMA ES EL AMOR

Decidí devolverle el loro a su propietario. Había encontrado y vuelto a perder a la chica invisible. Ahí terminaba la historia. Era el momento de rendirse.

—Hay varias razones por las que tienes que seguir utilizando al loro —insistió el viejo detective con una gravedad que ni siquiera sus cabellos de algodón de azúcar podían justificar—. Primero por la belleza del gesto. Luego porque ya has hecho lo más complicado. ¡Has encontrado a la chica invisible! No puedes abandonar al primer desengaño. Cuéntame.

—¿Qué?

—Lo que sientes, lo que te bloquea hasta el punto de salir pitando como un conejo de tres semanas ante la mínima responsabilidad.

—No me apetece demasiado hablar de ello… Lo único que quería era devolverle su loro y agradecerle lo que ha hecho usted por mí.

—No puedes irte de esta manera. Venga, ¡vamos a tomar una copa!

Acepté. En esa época era lo que más fácilmente aceptaba, ir a tomar una copa. Resultaba extraño recorrer los bares con un viejo que parecía un oso polar, era como descubrir a un abuelo llegado de otro planeta. De whisky, Gaspar Nieve sabía mucho; de cola, un poco menos. Tres copas más tarde, había logrado arrancarme una sonrisa. Me contó que en sus tiempos, gracias al loro, había hecho una fortuna cazando a los múltiples amantes de Elizabeth Taylor.

—¿Cuál es el auténtico problema? —me preguntó Gaspar Nieve con sus aires de gran amigo.

—No consigo arreglármelas con el amor. Amo demasiado. Me lo tomo muy a pecho. Esta búsqueda de la chica invisible me ha dado un respiro, y en la excitación de la aventura no he tenido en cuenta mis verdaderos miedos. Ahora que disminuye la velocidad, vuelven a salir a la superficie.

—Nada más lógico, muchacho.

—He ido más allá de mis límites, y ahora que no ha funcionado es todavía peor.

—No estás obligado a dejar de tener miedo. Lo único que necesitas es aprender a vivir con tus angustias y con las suyas. No ignorarlas y dejar de prestarles atención. A mí me parece que todos estamos un poco ahí. Y creo que es el problema más hermoso del mundo.

—Vaya...

—Acuérdate de lo bien que te sientes cuando inventas algo. ¡El amor es una ecuación poética, amigo mío! Debes tratar de resolverla a cualquier precio. Venga, quédate con Elvis unos días más, nunca se sabe.

—Y usted, ¿por qué abandonó la primera línea?

—Porque perdí a mi mujer, mi único amor verdadero. Falleció hace dos años.

—Lo siento mucho.

—Me dejó destrozado… Uno nunca se recupera de ese tipo de cosas… Yo era como un jugador de fútbol al que le hubiesen arrancado los pies. Es lo que sucede siempre, pero gracias a ti he recuperado una especie de empuje. Me gusta animarte desde fuera del campo. No es como estar allí, claro, eso ya no está a mi alcance. Pero ayudarte me viene muy bien…

—Nunca me he atrevido a preguntarle por qué vive usted solo.

—Cuando ella se fue, cerré el despacho. Ya no me apetecía escuchar los problemas de otros, demasiado ruido en mi propia vida. Además, hay que reconocer que, desde hace algún tiempo, los asuntos que me encargaban… Buscar un gato perdido, un perro perdido, espiar al vecino. ¡Les faltaba emoción! Vivo solo, cierto, pero mi hija me ayuda mucho. La pobre, a fuerza de velar por mis males, se ha hecho farmacéutica. ¡Fíjate en lo hermosa que es!

Me enseñó el retrato que dominaba su escritorio. Una morenita con la larga cabellera cayéndole sobre los hombros. Una morenita con gafas… que se parecía como dos gotas de agua a Luisa, ¡pero sin bata!

—¿Luisa?

—¿La conoce usted?

—¡Es mi farmacéutica!

—Bonito nombre y hermosa hija, ¿verdad?

—Con el pelo suelto está… ¡irreconocible!

—¿Sabes?, es una muchacha sorprendente. Cuando era pequeña me hacía babear. Era, digamos, lunar. Muy eclipsada y sin embargo tan testaruda… Ya no sabía cómo tomármela, cómo hablar con ella. Gracias a su madre nos fuimos encontrando, poco a poco. Pero hoy todavía nos cuesta evocar ese pasado.

—¿Dice que se hizo farmacéutica para ocuparse mejor de usted?

—Ya lo creo… su auténtica pasión es el teatro, los libros y la música, como su madre. Le encantan las historias.

—Lo sé.

—Y el chocolate, como a su padre.

—¡Eso también lo sé!

—Es muy dotada. Su madre también era muy dotada. Se la suele recordar por todos los maridos que tuvo, pero era ante todo una actriz extraordinaria. Y en la vida real, ¡era tan divertida…! Totalmente loca y al mismo tiempo muy atractiva. Tenía la facultad de unir, de ocuparse de los otros. Sin embargo, tuvo muchos problemas de salud, la enfermedad siempre la angustió. En eso, Luisa se parece a ella. A decir verdad, es el calco de su madre.

—Espere un momento… No es posible, sería increíble… ¿En serio habla usted de Elizabeth Taylor, la actriz norteamericana?

—¡La única, la auténtica, muchacho!

—¿Fue usted su último marido?

—No, su primer amante. Y a pesar de las tormentas y los años, siempre permanecimos unidos. Muy unidos.

LUISA

Cogí el loro sin decir nada; en realidad, más bien contento al sentir sus patas ganchudas cargándose mi chaqueta a la altura del hombro izquierdo.

—¡Eh! Decidas lo que decidas, continúa con los bombones, ¿vale? —me gritó Gaspar Nieve en el hueco de la escalera.

Subí por el bulevar Bashung y tomé la calle Camelot. A la altura del bar Mary Pop-in, mi monopatín rodó sobre uno de mis cartelitos, pegado en el asfalto a causa de la lluvia. Lo despegué y releí el mensaje medio borrado. El encabezamiento, «Si eres la chica que desaparece al besarla, por favor, ponte en contacto conmigo en el 06 46 53 26 98», era ilegible. El pequeño poema, «Sé exactamente lo que necesita el mejor pastel del mundo para llegar a serlo: un pellizco de tus pechos», estaba mejor. Me metí el trozo de papel en el bolsillo de la chaqueta pensando en lo que iba a decirle y no decirle a Luisa. Finalmente llegué al Templo de la Medicina. La farmacéutica estaba explicándole la posología de un medicamento a un hombre-embufandado lleno de preguntas inquietas. Esperé pacientemente mi turno y le dije:

–Luisa, nunca te agradeceré lo suficiente que me hayas puesto en contacto con Gaspar Nieve.

–Oh… sí, sí, ¡ya me diste las gracias!

–Pero hay una cosa que no entiendo: ¿por qué no me contaste al principio que era tu padre?

–Ah, te lo ha dicho –murmuró bajando la vista.

–No lo ha hecho a propósito.

–No quería desacreditarlo. Te estaba recomendando a un detective fuera de lo común, especializado en lo extraordinario, y quería que lo considerases como tal. Desde que murió mi madre, no sale de casa. Dio por terminada su carrera, nadie se interesa por él. Sus horas de gloria han quedado atrás. Y entonces apareciste tú en la farmacia…

–Así es, vengo a menudo.

–Cuando me contaste tu historia de la chica que desaparece, me dije que era un asunto para él. Estaba segura de que podría ayudarte, y de que al mismo tiempo eso también le ayudaría a él.

–¿Y a ti, quién te ayuda en esta historia?

Se puso roja.

–Eh… de hecho, tenía alguna esperanza de que fueses tú. Creo que hasta lo esperaba mucho –añadió con una sonrisa nerviosa, como para llenar los silencios que se espesaban segundo a segundo.

Yo no supe qué responder, así que también me puse rojo. Medio humanos medio termómetros con el mercurio enfervorizado, mirábamos a cualquier otra parte excepto a los ojos. Su mirada había atracado en la caja registradora; la mía, en el estante de la homeopatía. De repente, sonó el agresivo timbre de la puerta, anunciando la entrada de una nueva bufanda parlante que venía a por su ración de paracetamol. Fuera, una gran escoba invisible hacía bailar las hojas bajo los neones verdosos de la farmacia.

Cuando la bufanda acabó de sorberse los mocos-hablar-pagar, llegó el momento de las explicaciones.

—Me tenía que haber guardado eso para mí, lo siento —suspiró.

—No, no, para nada, es solo que nunca hubiese imaginado… en fin, lo que quiero decir es que…

—Le has devuelto la esperanza, eso es lo más importante. Era lo único que me interesaba, al principio. Mi padre venía a la farmacia de visita y me contaba cómo iba tu búsqueda. Estaba muy orgulloso. Yo me sentía aliviada al verlo entusiasmarse de nuevo. Hasta me dio a probar uno de tus bombones, y me explicó que era un beso. Pero eso yo ya lo sabía. Te veía pasar en monopatín por delante de la farmacia con tu loro al hombro, estaba contenta.

Luisa Nieve recuperó el aliento, se disculpó por disculparse y continuó.

—Tú solo tenías ojos para esa chica invisible. Y, cuanto más luchabas por encontrarla, más atractivo me parecías. Entonces te di la dirección de la asmática más hermosa del barrio. Eso me sublevó, pero no podía dejar de ayudarte. Algo me decía que, al final, era posible que tu chica invisible fuese yo. Pero tú no me veías ni siquiera cuando me ponía roja. Por más que te pedía un beso, ¡tú pensabas que te estaba hablando de chocolate!

—No era mi intención…

—Por supuesto, no te preocupes —dijo, tosiendo.

No sabía cómo ser justo. La tonalidad del consuelo se me escapaba.

—Quería guardar todo esto para mí… Lo mejor sería no decirle nada a mi padre.

—Por supuesto.

—Gracias.

Me dirigí lentamente a la puerta, con la impresión de caminar con unos zapatos demasiado pequeños.

—¡Espera!

Luisa me alargó un cuaderno en el que había pegado todos mis cartelitos en orden cronológico.

—Y yo que pensaba que era el viento el que los arrancaba.

—¡Es que era el viento el que los arrancaba! —Sonrió.

—Gracias, Luisa.

NIEVE TIBIA

Salí de la farmacia con el cuaderno bajo el brazo, turbado por la declaración de Luisa. Era una sensación extraña. Como si corriese tras un verano eterno sin llegar nunca a ver el sol, y este creciese justo ante mi puerta. Eso me recordó mi primerísima historia de amor. Yo había besado suavemente a una chica en el murete de piedra que separaba los edificios científico y literario del colegio Camille Vernet. Luego, a lo largo de nuestras citas, se fue quedando prendada del chico al que en realidad amaba. Vivía lejos. En las montañas, en Suiza. Practicaba snowboard, era grande, musculoso y le escribía cartas de amor sobre fotos de él surfeando. Y yo, como un gilipollas, le daba consejos, la reconfortaba, ¡hasta la animaba! Entretanto, yo solo tenía un sueño: besarla de nuevo. Tenía ganas de decirle que estaba ahí, justo ahí, dispuesto a inventar la nieve tibia y espolvorearla sobre sus ojos para que se interesase por mí. Jamás me atreví. Me contenté con mantener aquel vínculo, era mejor que nada. Hablar de aquel puto surfer suizo durante horas. Hoy, con Luisa, estaba en la situación inversa. No quería pensar demasiado en ello, pero no podía dejar de hacerlo.

Una vez en casa, coloqué el monopatín sobre los brazos de la vieja butaca con el fin de montar una mesa de escritura. Me instalé en mi trono de rey en pijama y sacudí corazón y cerebro como una coctelera. Ser o no ser... un enamorado. Esa es la cuestión. Había tratado de detestar el amor para protegerme, pero era necesario rendirse a la evidencia: no sabía vivir más que a través de «eso». Me acabé lo que quedaba de la caja de besos más pequeños nunca vistos. No estaban tan malos, por lo menos para acelerar el rendimiento de la máquina de levantar el ánimo.

Encontrar. Y para empezar, buscar. La melancolía rugía y luchaba para alzar su capa de humo negro. Elvis vocalizaba en sordina sobre el brazo del sillón, como si estuviese esperando prudentemente a que se cociese la pasta de la memoria de la última cita y saliese bien cocinada en forma de palabras. Cada uno a su manera, Gaspar y Luisa me habían devuelto el gusto por la aventura. Tenía que intentar algo. Ahora. Me reincorporé al servicio.

Tú enciendes neones de cuarto de baño
en medio de un bosque de cuento de hadas

Existen mujeres cuyo misterio se desvanece de una sola vez cuando empiezan a reír. Como si alguien encendiese neones de cuarto de baño en medio de un bosque de cuento de hadas.
Tú, tú cultivas bosques de cuento de hadas en un ramo de neones.

Aquella tarde me estuve peleando con varias historias en miniatura. También pensé en Luisa. Tres preguntas daban vueltas en mi cabeza como bolas de bingo, y nunca salían los números correctos. La primera era: «¿Cómo convencer a un electrocutado del amor para que supere su miedo a vivir plenamente su historia de amor?». Sobralia no tenía la suerte de contar con Gaspar Nieve para reiniciarse cuando todo parecía perdido. Era invisible, incluso la gente bien intencionada apenas podía ayudarla. La segunda pregunta era más o menos esta: «¿Cómo vivir una historia de amor sin besarse?». Y la tercera, más insoluble todavía: «¿Sería capaz de vivir una historia de amor con una chica invisible, visto que con una mujer a secas no me había mostrado precisamente como un campeón del mundo?».

Y entonces volvieron a aparecer mis propias angustias. ¿Estaba lo suficientemente armado para enfrentarme con mis demonios? Ya podían las hadas-feromona plantarme su beso-flecha en pleno cuerpo, que mi corazón seguía alojado en los fosos de un castillo-caja fuerte cuya llave me había tragado.

Acabé durmiéndome en la butaca, con la cabeza repleta de signos de interrogación.

En plena noche, me metí en la cama como un boxeador derrotado. Hice escala en el cuarto de baño, donde mis ojos enrojecidos me dieron la impresión de haber envejecido diez años en unos pocos días. Tenía hambre y mi frigorífico era el desierto de Gobi. No quedaban más que dos yogures caducados y un beso más pequeño nunca visto. Me pregunté si las ardillas no vendrían de vez en cuando a saquearme tantos besos como me parecía preparar continuamente. Pero junto a una pastilla de mantequilla había un superviviente, y me lo zampé en medio de un sueño ligero. El sabor del beso me propulsó tan directamente hacia el lado bueno del recuerdo que una idea me atravesó la mente. El atisbo de una posibilidad, violentamente alegre.

TELEPASTELERÍA

Si conseguía hacer ese bombón lo suficientemente mágico como para tener la impresión de besarnos sin necesidad de tocarnos, tendría la respuesta a la famosa segunda pregunta, incluso a la tercera. Y quizá de ese modo los miedos inherentes a la primera serían menos fuertes.

El desafío era el siguiente: convertir el chocolate en un auténtico beso. No un bombón sabor a beso: el sustituto absoluto. Algo del estilo de la telepastelería. ¡Besarse a distancia por intermediación de un bombón!

Preparé los ingredientes y los utensilios necesarios. Era como hacer un árbol de Navidad viviente. Me sentía el Frankenstein del amor. Faltaba saber si el monstruo que yo era ya no se volvería contra mí.

Visioné el contenido de las gafas-cámara en un estado de intensa febrilidad. Primero, una noche de luces de faros y el ruido ligeramente saturado de un batir de alas. Luego, un pequeño apartamento con una lámpara de mesa apuntando a una cama en altillo, y esa famosa voz de fantasma que tose. Mucho. A menudo. Rebobiné el vídeo del vuelo a cámara lenta, luego detuve la imagen y conseguí descifrar el nombre de una calle, pasaje del Rockabilly, y, justo después de la salida del ave por la ventana de Sobralia, la cifra 50 sobre una imagen.

En un acceso de entusiasmo, decidí ponerme manos a la obra para intentar conseguir los 4,5 miligramos de saliva, 3,5 miligramos de albúmina, 0,20 miligramos de sal, 0,35 miligramos de grasa y 0,9 miligramos de materias orgánicas que componían químicamente la mitad del beso. Los mezclaría con mis propias sustancias antes de incorporarlos a la preparación. Operaría esa noche, durante su sueño, para no asustarla.

¡ATENCIÓN, GATO PELIGROSO!

El pasaje del Rockabilly estaba situado en el distrito decimoprimero. Una vez ante la casa de la chica invisible, conseguí abrir su puerta con una radiografía; se lo había visto hacer a unos cerrajeros unos meses antes, cuando sin darme cuenta me quedé encerrado.

Para hacer el menor ruido posible, me quité los zapatos. Mi corazón latía tan fuerte que tenía miedo de despertarla. Al detectar su respiración escueta y sonora, me acerqué a la cama en altillo, dispuesto a trepar a aquel extraño nido de edredón, cuando pisé la cola de un gato que me bufó y me mordió la pantorrilla derecha. ¡El muy cabrón me dio un susto de muerte! Sobralia dejó ir unos suspiros adormilados y yo me orienté por su respiración para buscarle la boca. Cuando encontré los labios con la punta de los dedos, me saqué una jeringa del bolsillo. Ella tosió suavemente. En el momento de deslizarla entre sus dientes, temblé. ¡Estaba a punto de aspirar la saliva de la chica invisible! El deseo de besarla volvía mis gestos todavía más torpes. Su perfume de princesa hecha de masa de crep me embriagaba, me sentía como un príncipe pequeñito y no del todo encantador. Normalmente, esos tipos son superimponentes, llevan botas y tienen un caballo que los espera al pie de la torre del homenaje por si la cosa se tuerce. Yo había ido en monopatín y, no contento con no haber triunfado precisamente ante un dragón rugiente, ¡había sido atacado por un gato! Además, normalmente, esos muchachos despiertan a una chica que lleva durmiendo una eternidad, de forma que tienen tiempo de aplicarse bien a la hora de besarla para que se despierte completamente feliz. Mientras que yo, allí estaba, con mi jeringa metida en la boca de una joven aterrorizada por el amor que tosía hasta desgarrar sus pulmones invisibles. El único punto en común con un auténtico cuento de hadas fue que acabó despertándose. Retiré la jeringa *in extremis*.

—¿Pupuche? —dijo, la voz tan llena de sueño que parecía un disco de vinilo girando a una velocidad incorrecta—. ¿Qué haces, Pupuche?

Nunca me había llamado así. Contuve la respiración.

—¡Miaaauuu! —hizo el gato.

—Ven aquí si quieres, pero déjame dormir un poco…

Arrodillado a unos pocos centímetros de su cuerpo, empezó a faltarme el aire. Había imaginado muchas cosas sobre esta chica invisible, pero decididamente no que pudiese llamar «Pupuche» a un gato. Unos movimientos de sábana más tarde, recuperó la respiración del sueño. Recé a un dios que me acababa de inventar para que el gato no hiciese el tonto mientras yo trataba de abandonar la cama. Antes de que mi pie tocase el suelo me estaba mordisqueando la pantorrilla izquierda. Por un momento quise tirarlo por la ventana. Ella permaneció unos largos segundos anclada a mí. El gato volvió a bufar, pero logré esquivarlo y llegar a la salida.

¡CHOCOLATIZACIÓN SEGUNDA!

De vuelta en el apartaestudio, ataqué la nueva fórmula del beso más pequeño nunca visto. Para empezar, endurecí el chocolate en el fondo de un molde para bombones. Luego mezclé el contenido de la jeringa combinando la saliva de Sobralia con la mía. Lo cocí todo con un poco de azúcar y mucho zumo de naranja sanguina para conseguir caramelizarlo a 107 grados más bien que a 108, con el fin de obtener una sensación más próxima a la del beso. Esperé a que se enfriase y a que mi sueño cristalizase.

El día despuntaba cuando el chocolate estuvo listo. Salía del molde sin pegarse y brillaba como una bola de ónix. La naranja sanguina aparecía en espiral sobre el chocolate negro. Al mirarla de cerca era como si vibrase. Me tomé el pulso antes de lanzarme a la degustación. Setenta pulsaciones por minuto. Un beso medio puede doblar la frecuencia cardíaca. Cogí un beso más pequeño nunca visto entre mis dedos y me lo comí de un sola vez mientras cerraba los ojos.

¡Explosión de sabores! El gusto de los labios, la punta de la lengua electrizante, más poderosa que un ejército de rayos. Un amago de cortocircuito. El grado de humedad increíblemente cercana a cero, algo del orden del polvo de sombra. El escalofrío dulce y vívido que impide la apertura de los párpados durante largos segundos tras el impacto, para registrar lo más claramente posible la sensación de placer... Volví a tomarme el pulso, estaba a más de ciento cincuenta pulsaciones por minuto. Y no disminuían porque solo era capaz de pensar en una cosa: dárselo a probar a Sobralia.

Me apresuré a volver al pasaje Rockabilly número 50. Llamé al timbre. Nada. Esperé unos segundos. Había un ruido en el apartamento. Volví a llamar.

—Un momento, un momento, ya voy —dijo una voz minúscula.

—¡Solo pasaba a darte a probar un chocolate! —grité desde la puerta de entrada.

—Ah, gracias, pero ¡todavía me quedan de las Navidades pasadas!

—Este es un tanto especial. Tiene sabor de beso y permite besarse a distancia, sin necesidad de tocarse.

—No, gracias, en serio...

—Lo he inventado para ti.

—No puedo dejarte entrar, ¡no estoy... presentable!

—Siento hacer de testigo de Jehová, pero me gustaría que probases este chocolate, al menos una vez. Si no funciona o no te gusta, desaparezco, ¡lo prometo!

La puerta se entreabrió y me hallé ante su tigre en miniatura. Le ofrecí el famoso bombón esférico.

Sentí una presión y un delicado cosquilleo en el hueco de la mano y luego vi cómo el chocolate se elevaba

suavemente y efectuaba una curva lenta cuyo perímetro marcaba la punta de sus dedos.

—Nunca osaría probarlo delante de ti…

—Lo entiendo. En ese caso, ¿te dejo unos cuantos?

—Sí, si te parece bien. Gracias…

Bajé la escalera de su edificio diciéndome que esa
vez estaba claro, la chica invisible iba a seguir siéndolo,
no quería saber nada de mí.

De repente mis manos se volvieron frías y blancas.
Unos escalofríos me oprimieron los riñones. Un principio de chisporroteo en la punta de la lengua, vívido
como un relámpago. Sentí cómo sus labios se acurru-
caban en los míos de un modo extraordinariamente
realista. Volví a subir los escalones de cuatro en cuatro
hasta llegar al quinto piso sofocado como una vieja. No
me atreví a llamar de nuevo. El efecto del beso redobla-
ba su intensidad, como si ella acabase de probar un segundo bombón. La puerta se abrió. Alargué los brazos
para tratar de tocarla, pero nada. Me costaba disfrutar
plenamente de la sensación porque temía que se pusiese
a toser.

—Es delicioso —susurró mientras su gato saltaba del
sofá.

—¿Cómo te sientes?

—Besada.

—¿Y los pulmones?

—Normal.

—¿Sensibles?

—Menos que el corazón.

—¿Porque es el corazón el que suele hacerte toser?

—Contigo, me da miedo.

PING-PONG LOVE

El período que vino luego generó en mí un insensato nivel de alegría. Comíamos muchísimos bombones y nos pasábamos el resto del tiempo preparándolos. Ese apetito eléctrico nos mantenía en equilibrio, justo por encima del nivel de las dudas. Y así construimos nuestro principio de historia a orillas de las obras-catástrofe que, cada uno por su cuenta, habíamos atravesado. Superado el impulso de la conquista, llegó el tiempo de la estabilización. Una etapa delicada cuya sensación de tierno amortiguamiento me complacía, pero que no hacía de mí un hombre curado. Pareja. Cotidianidad. Proyección. Futuro. Tantas palabras que, no obstante, yo había tachado de mi vocabulario con una pluma bien afilada…

Instalé una pequeña red de ping-pong en la mesa de la cocina. Jugábamos partidos y ella se reía como una corriente de aire después de cada punto, tanto si lo ganaba como si lo perdía. Yo no oía más que eso: su risa y el ruido de las pelotas de ping-pong. Su raqueta flotaba sobre la mesa y yo nunca llegaba a saber cuándo iba a sacar. Instauramos unas reglas mágicas para esas partidas de ping-pong. El ganador podía hacer lo que quisiese con el cuerpo del otro, salvo besarlo en los labios. Sucedía que el que perdía era tan feliz como el que ganaba.

Hacer el amor con una chica invisible se parece a una sesión de espiritismo erótico. Al principio, haces como que te lo crees para que resulte excitante, y al final finges que no te lo has creído para quedarte tranquilo.* Imitas los gestos del amor, te miras mientras te mueves. Redescubres el placer del aliento y del tacto, como con un nuevo instrumento de música viviente. Sin saber tocarlo demasiado pero con el encanto de la novedad…

De vez en cuando me venían a la mente viejos reflejos de parejas normales. Fotografiarla, por ejemplo. Era el tipo de meteduras de pata en que podía incurrir en un arranque de entusiasmo. «¿Sabes?, me he acostumbrado a que no me hagan fotos, incluso cuando era pequeña mis padres nunca lo hicieron –me respondía ella–. Creo que mi padre tiene una, si no la ha perdido…»

Tratábamos de no pisarnos, tanto en sentido literal como figurado. Vivir con una chica invisible es tomarse un suero de sorpresas todo el santo día. Uno nunca sabe cuándo está ahí, cuándo llega, cuándo se va. Puede rozarte en medio de una siesta, morderte las nalgas en ple-

* Pues resulta extraordinario de tan voluptuoso.

na calle, pasar su mano de fantasma por tu pelo y luego no volver a hacer ni un ruido durante varias horas seguidas. Eso te enseña a aceptar la idea de lo desconocido y de la novedad, te obliga a cuestionar tus prejuicios, toda forma de rigidez confortable desaparece. Es el ultrarregalo que prevalece. La dimensión de juego y creatividad ejerce de impulso y hace que el tiempo pase a cámara rápida, lo cual resulta gozoso, pero exige una gran energía. También es muy angustioso, porque nada se confirma, todo evoluciona, estalla, se rompe y se recompone en el curso del descubrimiento. Hasta en mi propio cuarto de baño, vivía en una casa encantada. La puerta del frigorífico que se abría sola, los huevos que se elevaban de forma ingrávida para luego estrellarse y precipitarse en una ensaladera cuando ella preparaba una tortilla, el edredón que se ondulaba como un fantasma forrado... no lograba acostumbrarme.

La vida con la chica invisible no se sostenía más que de un hilo, pero que tenía la ventaja de no haberse roto jamás. Nosotros nos hacíamos creer que éramos una pareja como las demás, aunque yo me había convertido en una criatura de la noche.

Cuando has vivido demasiado tiempo con un búnker en lugar de corazón, te acostumbras a la oscuridad. La luz natural me ponía nervioso. Las terrazas llenas hasta los topes me daban la impresión de formar parte de un decorado de cine, y yo no tenía precisamente la sensación de estar en la película correcta. Pero cuando llegaba la tarde, mi humor mejoraba. Mi reloj de adrenalina interna funcionaba mejor cuando el asfalto se encendía, escupía lágrimas de oro, se convertía en la luna. ¡Y Sobralia que no podía prescindir del sol! Cuando se paseaba en la dulce normalidad de una tarde, era como si sacase su hombre lobo. Yo tenía pinta de ardilla metida en un traje demasiado pequeño. El miedo en el estómago, ganas de ir al cine casi todo el tiempo. Ella era demasiado hermosa para mí, con su vestido tan transparente que ya ni siquiera se la veía. Ni ella ni el vestido ni nada. Entonces, a veces, me sacaba una lupa del bolsillo y me acercaba a ella. «¡Te veo!», le decía.

Cuando salíamos juntos a tomar una copa, la gente creía que era un esquizofrénico o un ventrílocuo que ensayaba un hipotético espectáculo. Me llamaban «el hombre que habla solo». Me miraban sin mirarme, la gente evitaba reírse por si acaso era realmente un discapacitado.

A base de poner como excusa un espectáculo cualquiera para poder charlar tranquilos en los lugares públicos sin que yo pareciese estar como una cabra, montamos un pequeño cabaret mágico. Sobralia era mi truco en la sombra, movía los objetos por mí. También cantaba, lo cual me permitía producir un asombroso efecto de ventriloquia. Gracias a ella, yo podía hacer aparecer y desaparecer prácticamente cualquier cosa. Teníamos cierto éxito. El espectáculo comenzaba con una carrera de ardillas de combate. Los 110 centímetros obstáculos. La gente apostaba y animaba a las ardillas bebiendo whisky. Cuando atravesaban la meta, yo/nosotros los hacía/mos volar chasqueando los dedos. El público gritaba. También los duelos de ranas a pistola tenían mucho éxito, pero la atracción principal del espectáculo era siempre la armónica voladora. El pequeño instrumento flotaba en el aire. Era realmente como si un fantasma tocase justo delante de ti.

Gaspar Nieve venía a animarnos, estaba orgulloso como un extraño padre. Hicimos subir a escena al viejo detective para que hiciese una demostración de su talento como domador de loros. Cantaba a capela «It's Now or Never» con Sobralia, que le hacía los coros invisibles. Era tan hermoso que hacía llorar. Unas chicas más jóvenes que su propia hija vinieron a felicitarlo al finalizar el espectáculo. Y él pareció rejuvenecer.

Una tarde, le propuse a Sobralia revelarle al público su presencia, explicarles mi truco, pues me sentía en deuda por todo lo que significaba para mí. Ella se negó:

—¡El público te tomará por un loco! Nadie te creerá y eso nos pondrá tristes.

Una noche nos despertamos los dos sobresaltados.

—¡Algo me ha picado en la lengua! —me dijo con la voz llena de sueño.

—¡A mí también!

—¡Pica!

Una de mis ardillas de combate se había colado bajo el armazón y estaba ocupada con un beso más pequeño nunca visto. Lo roía con sus maneras de roedor, las manos de humano en miniatura plantadas en el caramelo fundido. La obligué a soltarlo bufándole como un gato y la sensación de picazón desapareció en el acto. En cuanto a Elvis, nos despertó muy temprano reproduciendo el suspiro de nuestros retozos de la noche anterior.

Aunque su invisibilidad le proporcionaba una gran libertad, Sobralia vivía como un auténtico fantasma. Se ató un pequeño cascabel alrededor del tobillo para que la localizase de oído. Por mucho que jugase a las magas, le resultaba difícil escapar de la trampa que ella misma se había puesto después del beso más pequeño nunca visto.

Pasaron los meses. Nadie en mi entorno la conocía aparte de Gaspar y Luisa. Y ni siquiera ellos la habían «visto» nunca. Vivíamos bajo un formidable caparazón, intenso y tierno, pero nuestra vida social era inexistente. La pobre estaba pagando un alto precio por nuestro amor y a menudo me preguntaba: «¿No estás frustrado de no verme?». Claro que era frustrante. No conocía su forma de caminar, ni la expresión de su cara que correspondía a la alegría, a la risa o a la duda. Y, mientras, veía a las otras chicas más-que-visibles paseando por las aceras del brazo de esos hombres que parecían tan contentos y relajados.

Era en los momentos de crisis cuando realmente necesitaba «verla». Al menos, intercambiar una mirada. Soñaba con inventar un interruptor mágico que la hiciese iluminarse de golpe, como la torre Eiffel al anochecer. Por la mañana, me despertaba con su cuerpo caliente a mi espalda. Durante unos breves segundos, creía que al volverme la vería. Puede que esperase un poco demasiado. Empezaba a desear cosas simples y naturales. Verla salir del cuarto de baño y observar su forma de ponerse horquillas en el pelo. Besarla de verdad, sin tener que pasar por el chocolate. Pescar en el fondo de sus ojos durante el amor. No preguntarme si estaba «realmente conmigo». No siempre conseguía tranquilizarla. No siempre conseguía tranquilizarme.

LA CAJA DE ZAPATOS

Luego sucedió algo que lo cambió todo. Un buen día, encontré una caja de zapatos sobre mi felpudo como un raro nido de cigüeña. La observé desde todos los ángulos, pues aquello parecía un paquete bomba. Luego sacudí el cartón acercándomelo a la oreja. El ruido que hacía me resultaba extrañamente familiar. Como el despertar de un viejo dolor de espalda. La caja parecía nueva y estropeada al mismo tiempo. El cartón cedía ligeramente en los ángulos, como las primeras arrugas en el rabillo de los ojos de una chica hermosa. Unos segundos más tarde lo entendí: aquella caja pertenecía a la bomba de amor que me había explotado en las narices el enero anterior. Los pedazos de mi antiguo corazón se encontraban en el interior. Lo sentía latir como antes, con esa forma de palpitar demasiado fuerte, y de arrastrar consigo el resto de mi cuerpo. La música de ese sonido me aterrorizaba. Ese olor de antigua felicidad todavía caliente que me causaba escalofríos. ¿Por qué me lo había enviado? ¿Y por qué ahora, que a duras penas empezaba a reconstruirme? No pude resistir mucho tiempo a las ganas de abrir la tapa. Volverse a conectar de una forma tan precisa con las sensaciones del pasado era tierno y al mismo tiempo mórbido.

Mis recuerdos emergieron de su tumba como zombis una noche de Halloween. Un rompecabezas desordenado y sin vida compuesto por cientos de piezas microscópicas, tantas como los pedazos en los que había volado aquel corazón, que me devolvieron al pasado con sus ardientes alegrías mezcladas con desilusiones. Me sentía como un resucitado, muy goloso en otra vida, que recibía el envío de su ex pastelería preferida. Bajo los pedazos de mi corazón, había unas fotografías que yo había tomado en otra época. Ella, nosotros. También encontré algunos trajes míos amablemente doblados como cadáveres de tejido. Olían a otra colada. Olían al antiguo armario.

Ella se había esmerado en que cupiese todo dentro de la caja. Por supuesto, no todo cabía. Porque aquellos años de vida en común no había forma de meterlos ni siquiera en un camión pesado. Sentí su gentileza, que me escoció todavía más que si lo hubiese arrojado todo por la ventana. El respeto, lleno de un torpe cuidado, se filtraba a través de cada milímetro de aquella puta caja. Estaba llena de atención, de intenciones. Solo faltaba el papel de regalo. Y, sin embargo, había sido ella quien decidió dejarme. Todo decidido. Cuándo, cómo, pero lo cierto es que no el porqué. Nunca llegué a entenderlo. Nunca llegué a darme cuenta. Estuve luchando como un perro rabioso muy viejo. Contra mí, contra ella y contra nuestro pequeño mundo. Cuanto más trataba de salvarnos, más se alejaba ella. Hasta que decidió desaparecer. Yo la amaba. E incluso amándola al revés, no llegaba a detestarla.

Había aprendido a vivir con ese agujero en lugar de corazón. Inventar todo el tiempo y fabricar de nuevo para no zozobrar. Solo el beso más pequeño nunca visto había logrado infiltrarse significativamente en los intersticios del hormigón armado que había vertido en mis arterias. Poco a poco había intentado hacerle un pequeño sitio a Sobralia entre los escombros. Y entonces la bomba de amor que yo tenía por desactivada volvía a explotar a destiempo. «Me gustaría volver contigo. Me gustaría quedar contigo para hablarlo», había escrito en el fondo de la caja. No sabía demasiado bien ni cuándo, ni cómo. Sin embargo, el hecho es que, a su modo, volvía.

Ya no sabía qué hacer. Ya no sabía qué pensar. Ya no sabía a quién amar. Ya no sabía nada porque lo sentía exactamente todo al mismo tiempo. Sabía muy bien que al abrir la tapa de aquella caja corría el riesgo de provocar tempestades. Esa situación me aterrorizaba doblemente. Por una parte, me sentía culpable por Sobralia; por otra, la idea de volver a ver a la bomba de amor me tenía petrificado.

Pero no podía dejar de ir a verla. Una especie de rabiosa alegría me impulsaba. Mi gran amor estaba de vuelta. ¡Llegada del país de mis fantasmas! Tenía que enfrentarme a ella. El imán del pasado volvía a estar en funcionamiento. La tormenta magnética amenazaba, me llamaba. Se llevaba todas las partículas de mis pensamientos. De una forma u otra, no podía dejar de ir.

Quedamos en vernos una tarde para «hablarlo». Un bar en territorio neutral, ni en mi barrio ni en el que había sido el nuestro. Al cruzar por la plaza de la Pastilla, tuve la impresión de titubear sobre un lago helado. En esta orilla, una chica invisible me abría los brazos. En la otra, reaparecía una mujer más-que-visible. Siete años de sueños más grandes que la realidad convertidos en accidente de amor contra una historia totalmente nueva con alguien que intentaba salvarme. Yo resbalaba, derrapaba. El viento arreciaba, venía en mi contra, fabricaba remolinos. Un olor de fuego se me agarró a la garganta. En medio del lago, el hielo se agrietaba. Estaba tan oscuro que ni siquiera sabía hacia dónde dirigirme.

Para Sobralia, aquello fue un atentado. Yo echaba chispas como un mal contacto mientras le explicaba la situación. Estábamos los dos en la cama, ovillados como dos tortugas bajo la misma concha. El sonido de su voz sepultado bajo una sensación de injusticia ardiente. Y pensar todo lo que me había hecho sufrir aquel sentimiento, y que ahora era yo mismo quien lo estaba generando... Pero era incapaz de desactivar la nueva explosión de la bomba de amor. El detonador estaba alojado en mi cerebro. Nadie podía desconectarlo. Por lo menos, no enseguida. Yo lo sabía, ella lo sentía.

Ella sufría por no poder acelerar mi cura, pero trabajaba cada día ensamblando las piezas de mi pasado y volviéndolas a pegar con mi presente para que la idea de futuro pudiese dibujarse en mi cabeza. Trabajaba poco a poco. Se transformaba en bálsamo, y eso me reconfortaba. Se convertía en más que un esparadramor. Había fabricado para mí un castillo de arena con tres torres y puente levadizo de conchas nacaradas. Pero, el día en que recibí la caja de zapatos por correo, la ola del pasado lo redujo a un montón de lodo. Volvía a estar hecho trizas, tal como ella me había encontrado.

Su invisibilidad aumentaba su sensación de impotencia, era nuestra historia la que corría el peligro de desaparecer de verdad. El cascabel que se había puesto en el tobillo ya no dejaba de sonar, y aun así apenas distinguí sus palabras cuando me dijo «Si necesitas ir a ver, ve. *Go, go and see my love…*».

Hubo un silencio, de esos que preceden a la explosión. Algo casi relajado en los micromovimientos de su cuerpo acurrucado contra el mío.

—Eh, pero ¿no es una réplica del Gran Azul, eso?

—Sí…

La oí sonreír, a menos que fuese de nuevo el sonido del cascabel.

REGRESO AL PASADO

Ya no soportaba llevar mis trajes del año anterior; de pronto, aquel falso domingo de primavera, me presenté a la cita con la bomba de amor. Unos pantalones más apretados, unos zapatos más puntiagudos, una chaqueta más ajustada. Un aspecto en general más aerodinámico, para hacer creer que seguía adelante.

«No aprendemos nada.» Tal fue la divertida conclusión a la que llegamos Gaspar Nieve y yo tras una conversación sobre el amor. Cuando mi no-corazón había vuelto a latir por la chica invisible, él declaró «No aprendemos nada», con su cabeza de viejo oso nevado y su sonrisa clara.

«¡Siempre volvemos a hacer las mismas tonterías! Pero mejoramos un poco.»

«¡A peor!»

«Pues sí...»

«No aprendemos nada.» Esas pocas palabras resonaban en el agujero de obús que tenía en lugar de corazón cuando apareció la bomba de amor. Estaba sentada precisamente como se sentaba antes. Sin embargo, era ahora. Todas sus pequeñas maneras tan normalmente intactas me parecían sobrenaturales. La felicidad y la desgracia me saltaron a la garganta al mismo tiempo. Me acerqué, ella alzó la mirada hacia mí y nos «vimos». Ella cargaba con una bolsa de 150 kilos de dudas. No sé quién de nosotros dos arrastraba un peso mayor. Era horroroso y tranquilizador al mismo tiempo. Conservaba su aire de árbol florecido, con ese no-sé-qué de hoja muerta en el fondo de la mirada. Una dulzura quemada. La bomba de amor me dijo que todavía me amaba y quería volver conmigo, pero no tan rápido. Me proponía hacerlo etapa por etapa. La primera consistiría en presentar denuncia uno contra la otra en la gendarmería de los sentimientos.

O, en sus mismas palabras, en «hablar delante de alguien con la perspectiva suficiente como para no estar de parte de nadie». Declaración. Desarme. Para «ver» si todavía era posible algo entre nosotros. Nos citamos para la semana siguiente. Era mi turno. Para guardar las formas, pronuncié un minúsculo sí.

Dejé a la que me había dejado para encontrarme con quien no tardaría en hacerlo si seguía indeciso. Mi vida se estaba desdoblando. Las explosiones amorosas se me aparecían como dos relojes de arena distintos pero comunicantes. Cada segundo que pasaba pensando en la bomba de amor vaciaba de tiempo el reloj de arena que me quedaba por vivir con Sobralia, y viceversa. La cuenta atrás había empezado.

SLALOM ESPECIAL

—Pero ¿tú a quién amas? ¡Esa es la cuestión, la única cuestión, por otra parte! —me preguntó Gaspar Nieve, con quien fui a charlar aquella tarde hasta bien entrada la noche—. ¿Qué sientes en lo más profundo de tu ser? Así, sin pensártelo, sin tener en cuenta el tiempo, el dolor que puedas causar o sufrir... Si cierras los ojos y dices un nombre, ¿cuál es?

—Vaya... ¡es como lo de Indiana Jones!

—¿Perdón?

—Sí, cuando tiene que escoger el Grial y se decide por esa cosa de barro cocido que parece una sucia huevera antes que por cualquiera de las otras copas, brillantes como trofeos de Roland Garros.

—Sería divertido ver a un tenista que acaba de ganar un gran torneo alzar una sucia huevera ante las cámaras de todo el mundo. Pero venga, sin pensártelo, enseguida, ¿con quién querrías estar?

—No lo sé.

—¡Venga! ¡Así, sin más! ¡Bang!

—No lo consigo. Si pudiese, ¡me cortaría en dos!

—De alguna forma, ya lo estás haciendo, salvo por el hecho de que hay dos que se parten en cuatro por ti, y que ninguna de las dos querrá una sola de tus mitades.

—Solo sé… que no lo sé. Es lo único de lo que estoy seguro.

—Entonces, tómate tu tiempo. La bomba de amor que te ha explotado en las narices esta vez puede esperar un poco. Cuando se fue, ella no te preguntó tu opinión. Lo decidió y lo hizo. Si no estás listo, ¡no estás listo! A mí me parece que la situación más delicada es con la chica invisible. Aun así, no esperes demasiado. Si no, vas a hacerle daño a todo el mundo al mismo tiempo.

Volví a subir por el bulevar Daniel Johnston hasta la calle Brautigan. Me sentía como un indio rabioso, con cada pie puesto sobre el lomo de un caballo salvaje. Estaban empezando a apartarse el uno del otro y tenía que decidir si saltar sobre uno o sobre el otro, rápido. El galope resonaba en el búnker en lugar de corazón. Un ejército de moños había invadido las terrazas de los cafés. Todas llevaban el mismo. Ligeramente aflojado en lo alto de la cabeza con las gafas haciendo de horquilla. Los hombres se enfrentaban con ellos suavemente desde lo alto de sus extraños pantalones demasiado cortos. La barba y los mocasines de charol eran opcionales. Luisa, de guardia en la farmacia ese domingo, me hizo como siempre su pequeño gesto con la mano + semisonrisa mirando al suelo. El ascensor que llevaba a mi apartaestudio estaba averiado. La escalera también. Encontré los peldaños tan difíciles de escalar que me pareció estar subiendo una escalera mecánica en sentido inverso. Las luces del tercer piso ya no se encendían. A punto estuve de perderme ante mi felpudo.

ES AHORA O NUNCA

Así que todo el mundo ha estado mal y todo el mundo ha hecho lo que ha podido. Con sus heridas, sus pesares, sus nuevas alegrías y el tiempo que pasa. Más lento y torpe que un caracol prehistórico unas veces, y otras rápido como el viento, para acabar fingiendo que se alcanza lo que se ha perdido para siempre.

La bomba de amor y yo quedábamos regularmente en la gendarmería de los sentimientos. Cada uno en un asiento diciendo todo lo malo y a veces lo bueno que pensaba del otro. Un árbitro del amor con pantalones claros, calcetines de tenis y mocasines nos escuchaba sufrir y reírnos un poco. Era inteligente pero no servía para nada, como una llave del doce que trata de hacer girar unos micropernos. En todo caso, yo no llegaba a poner en práctica sus consejos. Amor con receta. Dosis que respetar. ¿Quién empezó a romper el corazón de quién y por qué? ¿Quién hace eso bien, quién podría hacer mejor aquello, cuándo, cómo y por qué? ¿Teníamos derecho o no? ¿Confianza? ¿Inconsciencia? ¿Prioridad? ¿Propiedad que poner en la «cesta de la pareja»?

¿Hay que hacer contabilidad siempre? ¿Incluso en el amor, equilibrar presupuestos?

Me había enfadado, había sido tonto, generoso, dulce, había estado preocupado. Había amado. Perdidamente. Estaba vivo. Se suponía que esa especie de análisis de la película de nuestra historia nos permitiría entendernos. En realidad, ella estaba acabando con lo que quedaba de subjetividad mágica. Habíamos sido unos amantes tan instintivos, ¡tan malgastadores del corazón! Encontrarse así para hacer cuentas e intelectualizarlo todo no nos convenía en absoluto. Yo veía que ella sufría tanto como yo. Sobre todo, desde que supo de la existencia de Sobralia. Por más que fue ella quien nos había conducido a aquella tempestad, ahora sufría sus consecuencias.

Al final, los mejores momentos los pasábamos en el pasillo. Cuando llegábamos a reírnos un poco de la situación, a cachondearnos. O esas pocas veces en que, delante de un plato de patatas fritas, hablábamos de otras cosas que no fuésemos nosotros y nuestros problemas. En esos breves instantes, de forma natural, reaparecía la antigua y dulce complicidad.

Y luego nos decíamos hasta la vista sobre la acera, y ella regresaba a su-casa que había sido nuestra-casa. Éramos como dos supervivientes de un duelo de western donde cada uno habría herido al otro sin querer. Ni ella ni yo teníamos balas en nuestros revólveres, así que parloteábamos entre los escombros. Hasta hacíamos alguna que otra broma.

Cada vez, ella me daba una nueva bolsa llena de objetos personales que yo me había dejado. Estaba vaciando el apartamento concienzudamente de todo cuanto me había pertenecido. Siempre bien arregladas. Con regalos completamente nuevos depositados sobre un montón de recuerdos del pasado. Se suponía que nos estábamos acercando y ella continuaba con la transfusión de mis cosas, sin pararse a pensar un instante en el daño que eso podía hacerme. Y, cuanto más veía yo que no se daba cuenta, más doloroso resultaba. Ella luego desaparecía en una boca de metro y yo me iba con mi bolsa a la nueva mi-casa.

Cada semana amontonaba nuevos objetos personales en el gran armario del pasado. Empezaba a faltarme sitio. Más allá del tiempo y las consideraciones, nuestro vínculo ondeaba como un estandarte descolorido por una exposición al sol demasiado prolongada. Y luego estaba la noche. Por más que su sombra se había hecho un poco menos acuciante, seguía resultando igual de embarazosa. Tanto el uno como el otro sabíamos cuán mágico había sido el vínculo que nos unía. En el informe de la gendarmería de los sentimientos, ella escribió claramente que se había visto «obligada a dejarme a pesar de que todavía me amaba». ¿Obligada por quién y para qué? Además, ¿por qué no empezaría de nuevo? Puede que su idea de «nosotros» fuese mejor después de esos meses de separación, pero durante ese tiempo la confianza que yo podía inspirarle se había derretido. El peso de su abandono me daba el derecho inconsciente a reconstruirme en otro lugar. En cierto modo, era el instinto de supervivencia del animal herido. Sangre por sanguíneo.

Dejarse un tiempo, sin dejarse demasiado. Pero, cuanto más transcurría, yo lo tenía menos claro. Vivía en la cumbre de una montaña de contradicciones. La oscilación térmica era temible. En la gendarmería de los sentimientos habíamos hecho aflorar nuestras quejas, pero la incomprensión perduraba, hasta se arraigaba. Esa hipersensibilidad del uno con el otro que antes nos había dado tanto impulso, ahora se volvía contra nosotros. Cualquier pequeñez adquiría dimensiones enormes. Todo llegaba demasiado tarde o demasiado pronto. Todo hería.

Y quien padecía el efecto de las esquirlas de obús era Sobralia. Podría haberse hecho collares con ellas. ¿Cómo podía resistir así, ella que estaba desarmada? Yo no me veía abandonándola. Ella me aceptaba tal como era. Me había aceptado cargado de demonios, más angustiosos unos que los otros. Los había enganchado a los suyos y avanzaba. No me veía haciéndole lo que yo había sufrido que me hiciesen.

No podía poner el amor sobre una balanza y decir quién era el gran vencedor. Sus densidades eran demasiado distintas, casi harían falta dos palabras distintas para referirse a esos dos amores. Sinónimos siameses unidos por el corazón que se hacen daño el uno al otro y no pueden ni mirarse.

Gaspar Nieve vino a visitarme. Era la primera vez que lo veía en mi casa. Era extraño ofrecerle una buena cola sin burbujas. Tenía la impresión de estar tomándome un aperitivo con un antiguo profe de francés y darme cuenta durante la conversación de que llevaba unos zapatos verdaderamente extraños. Si había venido hasta allí era porque debía de tener algo especial que preguntarme.

—¿Qué? ¿Tienes algún invento nuevo?

Le mostré el árbol con horquillas que acababa de poner a punto. En una primera fase, había coleccionado esas pinzas metálicas que Sobralia iba dejando desperdigadas por el cuarto de baño para que no se perdiesen. Mientras imaginaba cómo se peinaba, había ido reuniéndolas en unos pequeños fajos que ataba con gomas. Luego las planté en el suelo y las regué como el árbol de armónicas. Producían más o menos una yema de horquilla a la semana.

—Ella ha venido a verme —me dijo en un tono curiosamente incómodo.

—¿Quién?

—La chica invisible. Ha venido a verme.

—Ah, ¿y cómo estaba?

—Invisible. Muy hermosa sin duda, pero muy invisible. No pensaba que alguien pudiese borrarse hasta tal punto.

—Se lo advertí.

—Creo que la situación le resulta agotadora.

—Lo sé.

—Cree que podrías desaparecer, y se siente impotente ante el regreso de tu ex pastelería preferida.

—¿Qué le ha pedido?

—Qué hacer para volver a encontrarte, para que no desaparezcas también tú. Me hizo pensar en ti hace unos pocos meses. El mismo fervor desorientado...

—¿Y qué le ha recomendado usted?

—Que te envíe mensajes eróticos por loro interpuesto, ¡claro está! —dijo con todo el orgullo de su ocurrencia entre los algodonosos escondrijos de su famosa barba—. Pero ella ya conocía el truco, como comprenderás. Y tú, ¿dónde estás tú?

—Yo he vuelto a ver a mi ex pastelería preferida y estoy completamente desorientado.

—Bienvenido al país del fraude amoroso. Una vida doble es dos veces mejor, ¿es eso?

—Ya no lo sé…

—Escucha, confía en mi experiencia, esa clase de huidas siempre acaban mal. Para ti sería más fácil si hubiera un malo, ¡está claro!

—¡Ya lo creo! Ponerme nervioso de una vez por todas y pasar a otra cosa.

—Pelearte con un auténtico enemigo, eso te aliviaría, ¿no es cierto?

—¡Sí! Un auténtico gilipollas, eso me vendría tan bien… ¡Poder vengarme como un vaquero!

—Pero enemigo ya tienes uno.

—Ah, ¿sí?, ¿quién?

—¡Tú!

—…

—¡Tú eres tu peor enemigo, amigo mío! El más despiadado, el más torpe y el más difícil de controlar.

—¿Yo?

—Y si no te das cuenta, es que eres todavía más peligroso de lo que yo pensaba.

—Vaya…

—Pero ya te has vengado bastante de ti, esa no sería ninguna solución.

—Entonces ¿cuál es la solución?

—No tengo ni idea.

—Bien, gracias por sus preciosos consejos, ¡querido Pepito Grillo!

Gaspar Nieve marcó una pausa y le echó una mirada a mis flores de armónica.

—¿En qué tonalidad son esas flores?

—En re menor, las afiné con el hipo de la chica invisible.

—¿Puedo? —preguntó, acercando su boca de Papá Noel al árbol de instrumentos.

—Claro, adelante. Si quiere puede usted recolectar alguna y quedársela.

—¿No las quieres?

—Planté ese árbol para poder regalarlas. Me gusta regalar armónicas a la gente a la que aprecio.

—Si es así, gracias.

Dejó ir unas notas al azar. Parecía un concierto de Bob Dylan sin guitarra.

—No estoy aquí para tocar. Lo único que sé es que te encontré en un estado lamentable tras tu separación y que el hecho de buscar y, más todavía, de encontrar a esa chica invisible te ha venido muy bien. Solo puedo decirte que no tardes. Ha llegado el momento de que resuelvas tu ecuación amorosa, por complicada que sea. Tienes que elegir.

BAÑO REVELADOR

El baño es casi tan bueno como el sueño. Cuando no concilio el sueño, intento detener los músculos de mi cabeza entre vapores. Con solo oír el agua del grifo, ya me empiezo a tranquilizar.

Después de ver por la ventana a Gaspar Nieve volviendo a bajar la calle Brautigan mientras tocaba su armónica, me instalé en la bañera. Poco a poco, mis pensamientos se fueron desencadenando.

Mientras dormitaba en aquellas aguas sobrecalentadas, un resplandor como rojizo germinó en el fondo de la bañera. No me atreví a mirar demasiado, aquello me recordaba al corazón de E. T. cuando lo persiguen por el bosque. El cuaderno lleno de cartelitos que me había regalado Luisa flotaba por encima de la bruma, sostenido por unas pequeñas manos translúcidas. Luego resonó la voz de Sobralia.

—Me gustaría enseñarte una cosa. Es una... experiencia que quiero llevar a cabo para ti.

—Ah...

—Hace un tiempo que me entreno y siempre lo voy aplazando, pero ya está, siento que puedo intentarlo, ¿te parece?

—De acuerdo.

—¿Estás listo?

—Creo que sí…

—¡Me gustaría besarte!

—¿Qué?

—Me gustaría besarte, con riesgo de aparecer ante ti.

—¿Y si te pones enferma?

—Me arriesgaré. No creas que no tengo miedo, pero quiero hacerlo por ti.

Un escalofrío que no tenía absolutamente nada que ver con el frío me recorrió los omóplatos.

—Quiero demostrarte que existo, que soy muy real.

—Pero eso ya lo sé, no necesitas…

—Siento que el pasado te está reconquistando. Lo siento. Si no me decido a aparecer, serás tú quien desaparezca.

—No te pido nada, no estás obligada.

Unas minúsculas olas hacían estremecerse el agua de la bañera.

—Lo sé. Pero, si no lo hago, lo lamentaré. Así podrás tomar tu decisión. Si no te quedas conmigo, no será por culpa de mi invisibilidad.

Esa vez, no escaparíamos del más íntimo de los grandes saltos. Lo habíamos decidido. El momento de la verdad eléctrica, como subir al escenario del Olympia. Por más que te encante la idea, cuando se acerca la hora fatídica, te mueres de nervios. Las luces se apagan; otras, más extrañas, se encienden. Algo sofocante y al mismo tiempo mágico se libera de repente. Hay que lanzarse. Asumir un riesgo emocional y físico, comprometerse. Ahora.

Los labios de la chica invisible se entreabrieron suavemente. Sentí sus párpados de muñeca demasiado grande cerrarse junto a los míos. El radiador de su pecho fue a anidar sobre el mío. Sus dedos resbalaron alrededor de mi nuca como las serpientes más voluptuosas del mundo. Subieron a lo largo de mi melena de vieja ardilla. Mis manos, que conocían su cuerpo de memoria, encontraron su sitio en la orilla de sus caderas. La respiración en re menor de sus pulmones me acarició las mejillas. Su boca palpitaba hecha pulpa a cinco centímetros de la mía. Cerré los ojos soñando con la cara que descubriría al abrirlos.

Su boca ya se encuentra a menos de cuatro centímetros de la mía. Los latidos de nuestros corazones se confunden.

Tres centímetros. La punta ligeramente fría de su nariz y la mía practican esgrima suavemente.

Dos centímetros. Mi ultramemoria envía por flashes imágenes del beso más pequeño nunca visto. Todos los músculos de mi cuerpo se tensan como para un salto.

Un centímetro. La adrenalina abrasa las conexiones entre corazón y cerebro para ahogarlas en una bruma de puro instinto.

Impacto. El beso más intenso nunca visto. Un centenar de segundos, pulpa y plumón incluidos. Mucho más que un roce, que un ejercicio de papiroflexia.

El gran cortocircuito de corazón. El beso más intenso nunca visto.

Sus labios revoloteaban como un copo de nieve. El segundo copo de nieve perdido en una playa en verano, y yo que trataba de recuperarlo con mi nevera demasiado grande. A partir de dos copos de ese tipo, puede hablarse de tempestad. El beso más intenso nunca visto. Más poderoso que un ejército de rayos. Impacto de luz y luego…

Mis párpados tardaron en calmarse. Cuando por fin me decidí a echar un vistazo, sus curvas untuosas empezaban a aparecer. Era como si un soplador de vidrio cristalizase su cuerpo en la bañera. Yo no me atrevía a decir palabra, por miedo a romper el encanto. La luz rojiza se hizo más densa. Su silueta emergía de la bruma, se clarificaba. Su pelo ondulado le caía sobre los pechos. Sus caderas se enderezaban. Fue un momento extraño y hermoso. Una especie de reencuentro con alguien que nunca se había ido. La materialización de un sueño, en un cuarto de baño. Puede que de una pesadilla, pues la admiración compartía espacio con el pavor. Por primera vez, vi sus dedos durante varios minutos seguidos. Poco a poco adquirían el color blanco de su piel, aunque quedaban un tanto translúcidos. Descubrí sus apetitosos pies, cruzados sobre el borde de la bañera, el esmalte de sus uñas. Pensar que una chica invisible se arreglase las uñas resultaba extraño. Parecían esas pequeñas galletas con dos agujeritos rellenos de mermelada de fresa en un mar de azúcar glasé. El colmo de la feminidad.

Cada vez emitía una intensidad luminosa más próxima a la de alguien normalmente aparente. Su cuerpo ondulaba en el agua, su piel de vidrio soplado empezaba a parecerse a una auténtica epidermis.

Pasé la punta de mis dedos sobre su antebrazo izquierdo de aspecto nacarado.

Ella ocultó el rostro entre sus manos, como si se tratase de sus partes íntimas.

Mi corazón latía en su agujero de obús, había esperado ese momento tanto tiempo… Tuve el reflejo de tomarla entre mis brazos. Ella retrocedió en un golpe seco.

—¿Ya lo has logrado?

—Casi…

Estaba temblando. Seguía ocultando el rostro tras las manos. El pánico se podía palpar.

—Tengo miedo de que me veas. Tengo miedo de que al descubrir mi auténtico rostro ya no me quieras.

—¡Pero si es lo único que deseo!

Yo trataba de mantener la calma para no agobiarla. Tenía la sensación de haber quedado atrapado en lo alto de una montaña rusa.

Pero nada. Su cara seguía encerrada en aquella prisión de dedos.

«¡Kiiing! ¡Looorooo!», ululó Elvis al otro lado del apartaestudio. Sobralia se echó a reír.

—No vas a quedarte toda la noche con la cabeza escondida entre las manos, ¿verdad?

—No, pero tengo miedo, en serio. Tengo mucho miedo.

—¡Si quieres, puedo hacer como que cierro los ojos!

—Sí, quiero, gracias —dijo ella con esa pequeña risa que tan bien conocía—. ¿Ya estás?

—Sí, ya no te estoy mirando, te lo prometo.

La mujer que ya no era invisible bajó las manos, revelando una hermosa y pequeña frente abombada sobre la cual crecían unos cabellos de bebé. Sus dedos empezaron a abrirse como las cortinas de un teatro en miniatura. Descubrí sus ojos. Activaron mi ultramemoria y volví a verlos, cerrándose antes del beso más pequeño nunca visto. Dos enormes canicas color avellana subrayadas con perfilador de ojos. Sus pestañas mariposeaban con tal fuerza que parecían dispuestas a alzar el vuelo. Luego le llegó el turno a sus suaves pómulos dulces, y de repente a su rostro completo. Acabábamos de superar la cima de la montaña rusa. No quedaba nada que escalar. Ahora, el descenso. La gran aventura. Soltar la barra de seguridad, abrir los brazos al cielo y concentrarse para mantener los ojos más que abiertos. Cerrarlos a pesar de todo. Aullar en apnea y, por fin, ver.

—¿Luisa? ¿Eres tú, Luisa?

—Lo siento…

—Luisa…

—¿Sí?

Me miraba con sus grandes ojos de cierva caída en una trampa que ella misma se había tendido. Yo no lograba creerlo… ¡La hija de Gaspar Nieve! ¡Mi farmacéutica! Desnuda en mi bañera. ¡El shock! Un shock mullido, pero tranquilamente colosal. El descenso iba a ser más largo de lo previsto. ¡Luisa! Con el mismo gesto de molestia con que escribió la dirección de una asmática en una caja de Termalgin. No podía dejar de recorrerla con la mirada. ¿Dónde, quién, por qué, cómo? ¿Qué estás haciendo en mi bañera, Luisa Nieve? Su cabellera estallaba en rizos flexibles sobre sus pequeños hombros. Las puntas de sus dedos no me habían mentido, fueron mis ojos, en la farmacia, los que no vieron nada. Como si Luisa fuese la versión en flor de Sobralia. Eclosionada. Sin gafas, sus ojos parecían más grandes. Era ella misma pero mejor. Un poco, como la novia de Rocky, que en la primera entrega no tiene muy buen aspecto pero al final de la segunda, cuando él grita su nombre porque está contento, se transforma en un bombonazo. ¡Hostia puta! Sobralia + Luisa Nieve = un tesoro.

¡Socorro! ¿Cómo aterrizar de semejante descubrimiento en modo vuelo planeado? ¿Cómo reencontrar su respiración?

Pasado el shock de la sorpresa, el dolor se reveló como una evidencia, inundando mi cerebro de una impresión cada vez más clara: me habían estado tomando por tonto de forma sistemática.

—¿Sucede algo? —preguntó—. ¿Quieres que me vaya?

—¿Perdón?

Estaba tan boquiabierto que no lograba articular palabra.

—¿Te ha decepcionado que sea yo? —soltó para romper el silencio.

Mi cerebro y mi corazón debían de estar cargando un nuevo software emocional para descifrar toda aquella información.

—Luisa Nieve…

—¿Sí?

Traté de evitar su mirada, pero los espejos reflejaban su imagen por todas partes. Aquel cuarto de baño era un puto caleidoscopio. Intenté recuperar el aliento para articular una frase más o menos normal.

—¡¿Puede alguien explicarme cómo, y sobre todo por qué Luisa Nieve está en mi baño?!

—Sí, yo. Yo puedo intentarlo.

Sonrió ligeramente. Yo no estaba preparado para que aquella sonrisa me gustase, pero algunos radares escondidos en mi interior captaron la señal.

—Debería haber revelado mi identidad enseguida, lo sé.

—Pero… ¿tú eres la chica que desapareció en el teatro Renard?

—Sí. Soy yo. Salvo que no desaparecí tanto tiempo como te dije.

—¿Porque no estabas lo bastante enamorada?

—No, ¡sentí algo tan fuerte con aquel beso que tuve mucho miedo!

—Pero entonces ¿qué sucedió?

—Después del famoso beso, desaparecí durante mucho tiempo. Llegué a creer que iba a seguir siendo invisible para siempre. Entonces me esforcé por pensar en ti lo menos posible. Al cabo de algún tiempo, acabé por reaparecer.

—Pero ¿te das cuenta de que has hecho que me enamore de un fantasma?

—Lo sé… Sin embargo, respondí a tu primer mensaje por loro: «Soy el tipo de chica que desaparece cuando la besas y me gustaría mucho saber cómo sigue la historia. De hecho, soy Luisa». Pero no me tomaste en serio. Continuaste con tu búsqueda.

El volumen de su voz disminuía. El mío aumentaba, como embalado por la maquinaria cardíaca.

—¡Pero tú me animabas!

Las palabras rebotaron en las baldosas del cuarto de baño. No soportaba seguir en la bañera. La adrenalina aumentaba, y no era soluble en el agua y la inmovilidad. Me levanté y me paseé en bata de un lado a otro alrededor de la bañera. Luisa temblaba, el agua se estaba enfriando, y al salir yo el nivel había descendido. Abrí el grifo del agua caliente sin atreverme a mirar demasiado.

—Volví a mi trabajo y tú pasaste por la farmacia. Te reconocí. A decir verdad, ya te había reconocido el día que nos besamos. Esperaba que tú también, pero no fue el caso.

—¿Así que va a ser culpa mía?

—No. Es solo que esperaba que me reconocieses, habría bastado con que me vieses de verdad.

—Yo te veía de verdad, pero...

—Como tu confidente, tu buena amiga, ¿no? Empezaste a contarme que te había pasado algo extraordinario. Una historia de chica que desaparece cuando la besas. Yo estaba ansiosa por decirte: «¡Soy yo!» Pero tenía al lado a mis colegas, a los clientes, me puse roja, vi que te dabas cuenta... Luego traté muchas veces de revelarme ante ti. Cuando la vecina nos sorprendió bailando en la escalera, por ejemplo, pero no sabía cómo hacerlo. Tenía miedo de que me tomases por una loca.

—¡Pero si era lo único que quería!

—Sí y no. Querías encontrar a la chica invisible, ¡no a tu farmacéutica! Te estabas enamorando de un fantasma y, de algún modo, no era yo. Porque no te he visto vibrar en ningún momento por Luisa. Solo con esa Sobralia que yo inventé para ti…

—Una parte de ti, ¡y por tanto, tú!

—Imagina que fabricas una marioneta para regalársela a alguien y que al final la marioneta le hace más ilusión que tú… Me sentí superada por mi creación.

—Salvo que tú eras tu propia creación. La bestia no estaba fuera de control.

—Y me convertía en la tuya, también. Los mensajes por loro interpuesto, los pequeños poemas, el espectáculo de ventriloquia… Me estaba convirtiendo en una especie de musa. Jugué la carta del misterio para seguir gustándote. De hecho, decidí jugarla a fondo porque en la vida real no me sentía a la altura de las circunstancias. Tenía miedo de perderte si aparecía. No confiaba lo suficiente en mí, y el hecho de que Sobralia te entusiasmase me gustaba.

—Eso no quita que te hayas estado burlando de mí.

—Para nada.

—¡No existes! ¡Acabo de descubrir que no existes!

—No digas esto. En la farmacia incluso llegué a declararme, pero no dijiste ni una palabra. Parecías tan prendado de esa Sobralia… Temí decepcionarte.

—Lo que me decepciona es que me hayas tomado por un imbécil, ¡seas quien seas!

—Solo trataba de seducirte. Todo el mundo esconde cosas al principio…

—Yo no te mentí sobre la mercancía. Estaba hecho polvo y te lo dije.

—Es verdad. Pero yo, por una parte, recibía tus mensajes apasionados, y por otra te veía en la farmacia. Esperaba que reconocieses mi voz, esperaba que te dieses cuenta, que naciese de ti. Cuanto más pasaba el tiempo, más difícil me resultaba dar marcha atrás.

—Hacia delante, querrás decir…

—Tampoco tú quisiste avanzar. Y ahora no te hablo como farmacéutica sino como Sobralia. Cuando esa a la que tú llamas «bomba de amor» te envió por correo tu antiguo corazón, no vacilaste mucho en «ir a ver»… Y, mientras tanto, yo seguía aquí para ti, como una tonta, con mis trucos de magia que ya no funcionaban. Resbalabas entre mis dedos. Te alejabas.

Tuve la impresión de estar oyendo hablar del período anterior a mi propia ruptura con mi ex pastelería.

—Sabía que no podía seguir luchando si permanecía invisible. Sin duda, me había acomodado un poco demasiado en mi papel de outsider, de glotona inasible. Recuerdo tu mirada cuando abriste aquel paquete que ella había preparado para ti. Nunca me había sentido tan sola como cuando te vi en aquel estado. Tardé un tiempo en comprender que estaba recuperando el sitio que, no obstante, ella misma había abandonado. Las tornas habían cambiado. Ahora la novedad era ella. Fue cuando decidí aparecer costase lo que costase. Si decidías dejarme, no iba a ser solo por culpa de mi invisibilidad.

—Cuántas estrategias…

—Reacciono. Lucho para retenerte. Me muestro sin tapujos. Es la primera vez que hago algo parecido.

—¿Y cómo te las arreglabas para ser invisible conmigo y visible en el trabajo?

—Gracias al chocolate. La primera vez que me diste uno, tuve que esconderme en la trastienda para que no me vieses desaparecer. No tenía el mismo efecto que tu beso, ¡pero casi! Para permanecer invisible tres horas, me comía dos. El fin de semana y por la noche, me veía obligada a comer muchos. Luego, con el tiempo, cada vez necesitaba más, digamos que me había acostumbrado.

—¿Te hacían menos efecto?

—No, ¡al revés! Seguía sintiendo un gran placer, y cada vez confiaba más en ti. Me resultaba más difícil hacerme invisible que al principio. Creo que empezaba a necesitar besarte de verdad. Por eso sucedió que no daba señales de vida durante largas horas, a pesar de tus mensajes.

—Entonces no era culpa del loro.

—No. Ni tampoco de las ardillas cuando tus bombones desaparecían, o por lo menos no solo por su culpa. Fue la única forma que encontré de honrar la vida de Luisa y existir para ti como Sobralia. Era un equilibrio complicado, pero iba tirando.

—Y antes del chocolate, ¿cómo lo hacías?

—Es fácil ser invisible cuando solo te comunicas por loro interpuesto. Pero ahora estoy aquí, ante ti. Y te amo.

Estaba atónito. Lleno de una alegría ácida mezclada con duda. Luisa y Sobralia no eran sino una sola y misma persona. Mi vida amorosa empezaba a parecerse a un cuestionario de respuestas múltiples. Ellas no eran dos sino tres. En fin, dos y media. Me sentía el hombre más tonto del mundo. La medalla de oro era tan brillante que me escocían los ojos. Me sentía vejado y al mismo tiempo contento por ello, contrariado y seducido a la vez. El coraje amoroso que ella había demostrado me turbaba. La manera, por cierto poco académica, en que se había enfrentado a sus miedos. Aparecer. Reconocer su identidad. Declararse... Era una forma bastante conmovedora de burlarse de mí.

«¡A pesar de todo, es conmovedor!», me cuchicheaba el Pepito Grillo del corazón. «¡A pesar de todo, se ha burlado de ti», respondía el del cerebro. Y los dos acababan al unísono: «No olvides lo que ha pasado para seguir contigo. ¿Serías capaz de resistirte a la presencia de una bomba de amor surgida del pasado?».

LUISA Y SOBRALIA

A mi cerebro le costaba aprehender aquella versión dos-en-una pero, instintivamente, ella(s) me gustaba(n). Creo que estaba todavía más turbado que tras nuestro primer beso fantasma. Esa noche la miré mientras dormía. Mis ojos la fotografiaban y mi ultramemoria registraba esos recuerdos, por ejemplo su piel tan blanca, impregnada de luz de luna. Por primera vez, todo sucedía de verdad. Ya no imitaba los gestos del amor, los ponía en práctica, y eso era más fácil mientras ella dormía. Ganaba un poco de tiempo para darme cuenta. La estaba «viendo». Su cuerpo liberado de su bata blanca y de su invisibilidad florecía entre mis sábanas. Podría haberme pasado años observando cómo los grandes rizos de sus cabellos de regaliz afluían entre las peras Bella Helena que tenía por pechos, o su curiosa forma de disculparse por sonreír cuando empezaba a despertarse.

El tiempo pasaba. Yo había decidido probar suerte con Luisa e intentaba hacerle un sitio nuevo. Lo suficiente como para que no tuviese que volver a desaparecer.

Inicié trabajos a gran escala para hacer de mi corazón un lugar más confortable, una especie de proyecto

137

de renovación interior de mi búnker. Acondicionar. Esforzarse por estar mejor para resultar más acogedor. Echar abajo algunas paredes, fabricar ventanas para dejar que entrase la luz. La luz del sol para Luisa-Sobralia. Al menos, dibujar ventanas en la pared. Hacer crecer algunas flores o, en su defecto, comprarlas de vez en cuando.

Luego, ella empezó a traer algunas de sus cosas al apartaestudio. Junto al árbol de horquillas crecía un pequeño batallón de zapatos de tacón. En mi desierto de estanterías aparecieron prendas de ropa interior parecidas a paquetes de caramelos de tela. Parecía primavera. Nos dejábamos mensajes por loro interpuesto. Yo le escribía. Era mi forma de mostrarle hasta qué punto existía:

Pozo de amor

Tú has cavado un pozo de amor en mi cama. He encontrado otro en el cuarto de baño, e incluso has deslizado uno plegable en mi maleta. Tengo que aprender a sacar agua sin agotarte.

Le deslizaba este tipo de historias en miniatura en su bolsa de mano. Mientras dormía, los escondía entre su ropa interior y sus zapatos.

Aun así, los demonios no habían desaparecido. Empezaba a hacerme a la idea de que nunca llegaría a separarme de ellos. La herida del accidente de amor no se cerraría, era inútil tratar de cauterizarla a cámara rápida. Había que avanzar. Detener la amorragia.

Fui a recuperar lo que quedaba de mis pertenencias en la antigua mi-casa. Aquel lugar todavía me aterrorizaba, allí había sido demasiado feliz. Aparte del código de la puerta de entrada, nada había cambiado. Mi nombre en el buzón, el ruido del suelo al crujir, el chirrido del minutero eléctrico. En el rellano, tenía la respiración tan entrecortada como si acabase de llegar a lo más alto de la torre Eiffel.

Como de costumbre, mi ex pastelería preferida lo había preparado todo con mucho cuidado. Pequeñas chucherías para picar pinchadas en mondadientes, todo en unos cuencos de colores armonizados. Parecía una merienda de cumpleaños. Se había puesto guapa sin arreglarse demasiado. Cada uno tenía cuidado de no arañar demasiado al otro. Había llegado el momento de quitar los adornos del abeto. Las guirnaldas no sirven de nada en un árbol muerto, aunque siempre tranquilizan un poco.

Entonces me fui con mis últimas bolsas llenas de discos, libros, DVD y remordimientos. Pesaban hasta el punto de cortarme la circulación en la punta de los dedos. Ella me ayudó a bajarlas por la escalera. Llegó el taxi Espace. Una ligera llovizna lustraba el pavimento, parecía una capa de barniz sobre la acera.

Volví a verme el día en que tuve que abandonar el barrio por primera vez. Esa impresión de exiliarme al otro lado de mi vida. *Dark Side*. El viento helado de enero se precipitaba en el interior de mi agujero en el pecho, la instalación del búnker alrededor del corazón, con su perímetro de inseguridad. Todo se aceleraba y todo se demoraba. Ese gusto por la oscuridad. Tiendes a pensar que nunca lo harás. Un pequeño hotel al otro lado de la ciudad, en otro país. Te retuerces, pero te las arreglas. Es inevitable. Ponerte en cuestión. Demasiado. No lo suficiente. Encontrar un nuevo equilibrio. Tratar de comprender. No conseguirlo. Reírte. Burlarte un poco de ti mismo. Creer. Derrumbarte de nuevo…

El taxi hace sonar el claxon. Bloquea la circulación de la calle. Yo cierro el maletero. Ella me dice que lo siente. Allí. Ahora. Por primera vez. Que nunca debería haberlo hecho. No debería haberme dejado. Un error. Lo repite, con su voz de niño que fuma.

En la calle, los conductores protestan. Estoy empapado. Ella tiembla en el resquicio de la puerta. Yo entro en el coche. El chófer me grita. El cielo explota en sollozos de lluvia contra el cristal. Jamás lograré aceptarlo. Lo que ha pasado, lo que ya no ha pasado. Las estrellas se disuelven a través del parabrisas, la luz de la luna penetra incluso en lo más hondo del asfalto. Más que rodar, el taxi se desliza, ya no percibo el menor ruido. Miro el teléfono. Luisa me ha estado llamando, varias veces.

EPÍLOGO

Los ecos de la bomba de amor iban y venían. Mi corazón todavía notaría los acúfenos durante mucho tiempo. Esa sensación de extraordinario desorden continuó hostigándome. Neutralizar la bomba de amor era un ejercicio terriblemente melancólico. Todo para que no explosionara otra vez. Tenía que asumir mi elección, por Luisa, por mí mismo.

En cuanto a Gaspar Nieve, se convirtió en un extraño pseudopadre político. Se sentía herido en su orgullo porque su hija le había tomado el pelo. Como detective privado y sobre todo como padre, tampoco él había visto nada. Pero, en cierto modo, su perspicacia emocional se había revelado determinante para ayudarnos. No hablaba de ello, pero lo sabía.

Desde que se hizo completamente visible, Luisa se ocupó de mi glotonería. Unos pocos segundos de su risa tenían sobre mí el efecto de la vitamina C. Pero, a pesar de todo, me sorprendí disfrutando de aquella nueva cotidianidad. Poco a poco, desconfiando como una bestia feroz muy contenta a la que uno se digna acariciarle el lomo, me dejaba asombrar por algunos detalles sabrosos. Por ejemplo, me gustaba tanto el sabor de sus tortillas como su forma de prepararlas. Su muñeca agitaba la espátula para mezclar la yema y la clara con una agilidad que yo le conocía en otras circunstancias. La ensaladera absorbía su espíritu y sus pechos podían pasearse tranquilos. Se reinventaban en tiernos remolinos. Una ópera-ballet en miniatura. Los ojos en los huevos. «Verla.» Reaccionar, entusiasmarme, reírme, ponerme nervioso, esa era la aventura extraordinaria.

Como regalo de aniversario, le fabriqué una recopilación de todos los pequeños poemas. Un auténtico libro hecho a mano, más consistente que el cuaderno o las hojas sueltas en las que le había escrito los últimos textos. Recorté y pegué los cartelitos sobre un hermoso papel rojo combinado con tinte que a veces colorea su rostro cuando su extrema timidez aflora de nuevo. Su nombre estaba impreso en la cubierta. Ejemplar único.

El beso más pequeño, de Mathias Malzieu
se terminó de imprimir en enero de 2014
en Quad/Graphics Querétaro, S. A. de C. V.,
Fracc. Agro Industrial La Cruz El Marqués
Querétaro, México.

Esparadramores

Para Luisa
Ejemplar único

Esparadramor

Quise creer que no eras más que un esparadramor, pero cuando empezaste a despegarte de mí me dolió más que si me arrancasen la piel con un tenedor.

Gracias a Olivia de Dieuleveult y Rosemary Teixeira
por haber creído en mi historia de chica invisible
y por haberme ayudado a hacerla aparecer.
Gracias a Lisa Carletta, a Djohr Guedra por
las imágenes, y a Sylvain Blanc por la chocolatización.

5

El Premio Nobel del amor

Por el adiestramiento de una ardilla salvaje
sin sacarla de su hábitat sobrenatural.
Por los multipeinados de varios pisos que
cocinas en lo alto de tu cabeza y toda la fuerza
divertida que palpita justo debajo.
Por otras 217 razones exactamente igual de locas
y porque eres el más hermoso poema viviente,
ya sería hora de que te concediesen el Premio
Nobel del amor.

La muy Bella Durmiente

Tu boca es sonámbula. Se mueve silenciosa mientras duermes. Tus labios parecen querer decir algo invisible, yo por si acaso los beso. Eres como la Bella Durmiente en un apartamento del distrito segundo de París. Voy a despertarla de una forma un poco más moderna de lo previsto.

Lotería de la poesía

Levantarte el sujeta-rojo-dor es como encontrar a Platini en un cromo de Panini. Tiene algo que ver con ganar la lotería de la poesía.

Corazón de palomita de maíz

Tu corazón es una palomita de maíz. Basta con calentarlo y añadir un poco de aceite de buena voluntad para que florezca en pétalos de piel. Dulces o salados, según el humor del momento. Tú lo haces saltar entre mis dedos casi todas las noches. No sé cómo te las arreglas para que siempre sea tan bueno.

Galletas

Esta noche estoy bastante convencido
de que tus pies son galletas.
Mientras dormías, los he puesto en
un molde de pastel y he hecho cookies
con smarties rojos del número 35.

Crema inglesa

Hacerte el amor es como
galopar de pie sobre una horda
de caballos salvajes de piel de
crema inglesa.

El incendio de copos de nieve

Pensar en ti es como lanzar al fuego copos de nieve. Algo así como una forma de felicidad que me da miedo más o menos para siempre.

Sujeta-rojo-dor

Con la nariz metida en tu
sujeta-rojo-dor, tengo la
impresión de anidar en
un árbol de piel de nube.

Tú enciendes neones de cuarto de baño en medio de un bosque de cuento de hadas

Existen mujeres cuyo misterio se desvanece de una sola vez cuando empiezan a reír. Como si alguien encendiese neones de cuarto de baño en medio de un bosque de cuento de hadas. Tú, tú cultivas bosques de cuento de hadas en un ramo de neones.